戦争をよむ

70冊の小説案内

中川成美
Shigemi Nakagawa

Eurus
Notus
Boreas
Zephyrus

岩波新書
1670

まえがき　文学は戦争とともに歩んだ

『イーリアス』『オデュッセイア』や『古事記』を引くまでもなく、文学はその始まりから戦争を描いてきた。いや、戦争があったから、文学は拓かれていったのかもしれない。戦《いくさ》は人々の感情に直接的に語りかける。そこには漲る勇気、正義への興奮、奉仕する満足などが混ざり合って、昂揚感や充実感に満たされ、緊張に満ちた異空間が現出するのである。しかし、戦争が終わり、打ち壊された家や町、荒らされた畑や牧場を過ぎ、家族や親しき人々との永遠の別れに逢着して、初めて人間は、人間性そのものへの懐疑へと導かれていく。勝利しても、敗北しても、残された者たちは、否が応でも絶望と虚無の淵へ向かい合わなければならない。戦争はこうして人間の内面へと踏み入り、複雑に絡まりあった様々な感情を、語り出させていくのだ。もし文学が、人間を語る容れ物だとしたら、まさしく文学は戦争とともに歩んだのである。

しかし、近代以降の戦争は、そのような「叙事詩的」、あるいは「牧歌的」な語りを超えてしまった。歴史社会学者のアンソニー・ギデンズは「戦争の工業化」(松尾精文・小幡正敏訳『国民国家と暴力』而立書房、一九九九年)によって、戦争は世界に広域化していったことを指摘している。近代科学によるテクノロジーは、人間の意思など顧慮しない大量殺戮兵器の開発を促して、近代国民国家の独立を保障させたと言いきっている。だから、その安全保障システムは全世界に配給されて、戦火は世界の隅々に「普及」したのだ。また政治思想史のハンナ・アーレントは、国家の独立が国民国家の最大存立条件である限り、戦争に取って代わるものが現れることなど考えられないと断じた。つまり、戦争は「人類の密かな死の願望」や「抑制不能な攻撃本能」などという情緒的な解釈ではもはや追いつかないほど、人間の理解を超えてしまったのである。アーレントは明晰に「戦争こそが社会システムの基礎なのであって、そのなかで他の第二次的な社会組織が抗争したり共謀したりしているのだ」(山田正行訳『暴力について』みすず書房、二〇〇〇年)と言っている。つまり、近代戦争論の始祖であるカール・フォン・クラウゼヴィッツが、その著『戦争論』(篠田英雄訳、岩波文庫、一九六八年)で述べた有名なテーゼ、「戦争は政治(外交)の延長である」というような考え方へ疑義を唱え、戦争は政治や外交の代替的なもう一つの解決策などではなく、戦争そのものが政治の基礎となって諸状況をつくっている以上、戦争は国際政治に組み込まれていると、アーレントは主張した。

二〇世紀以降の戦争が巨大な殺戮システムへと成長を遂げたのは、この国家の果てしない欲望に、歯止めがかからなくなったからだ。二〇世紀は「戦争の世紀」であった。第一次大戦から第二次大戦へと進む行程で発見された原子爆弾や化学兵器、生物兵器の残酷さ。その残酷さを証明するかのようなホロコーストやファシズムの野蛮。殺伐たる人間性の喪失は二一世紀の今に続き、世界は方途なき混迷を未だに解決できないでいる。

国家の存立を第一義にするのは、自由や独立を望むからだと説明される。だが、それは国民という共同体を維持していくために、他の国民や民族を暴力的に抑圧するとも言い換えられる。幸福になりたいと素朴に思う欲望は、玉突きのように不幸を他者に送り付ける。戦争はまさしくそうやって送り付けられた不幸の連鎖によって勃発する。しかも、その最大受益者である国民もまた、戦時下には様々な権利を剝奪されて、自由を抑圧されていくのだ。

第一次大戦直後、ワイマール共和国発足すぐのベルリンで、ヴァルター・ベンヤミンは、「あらゆる暴力の根源的・原型的な暴力としての戦争の暴力」(野村修編訳『暴力批判論』岩波文庫、一九九四年)には、「法を措定する性格が付随」(同)していると書いている。他国から受けるであろう暴力への予感は怖れとなって、法をつくらずにはいられなくなる。法をつくればそれを維持するために新たな暴力を強制する。一般兵役義務はまさしくその暴力であると言う。「ミリタリズムは、暴力を国家目的のための手段として、全面的に適用することを強制する」(同)とは、国民の個人レベルではいっさいの暴力を警察力などで奪い取りながら、一方に法の名のもとに〈暴力を強制する戦争〉を国民に強要して、なおその法維持を要請する矛盾を告発する言葉であり、疲弊したドイツの戦後に暮らす青年が発する戦争忌避への呼びかけだ。文学は、その言葉や呼びかけを具体的なものとしていく、もっとも適切な装置である。

だから近代以降の文学は、より過大な責務を背負わされたとも言える。一見、戦争とは関係もないところに、実は戦争の根となるものが秘匿されていることまでも、見つめ、語らなければならないからだ。戦争が、自分の幸福な家庭を守りたいという願いや、快適な日常生活を求める心から発生してしまう矛盾を描くために、文学は前近代の語りから離れ、新たな語りの技法を見出さねばならなかった。その過程こそが、近代文学の歴史であったとも言えよう。

西欧に近代国民国家が成立するのは、一八世紀から一九世紀にかけてであるが、ナポレオン戦争(一七九六―一八一五年)は、その礎を築くための戦争であった。ヨーロッパ全土は戦火に見舞われ、スタンダールは『パルムの僧院』(一八三九年)を著し、レフ・トルストイは『戦争と平和』(一八六五―九年)で、この戦争のあらゆる側面を活写した。一八四八年革命(諸国民の春)は、ヨーロッパにおける国民国家体制が樹立された瞬間とも言えよう。これはたちまちのうちに世界に波及した。ベネディクト・アンダーソンが、『想像の共同体――ナショナリズムの起源と流行』(白石隆・白石さや訳、リブロポート、一九八七年)で言うとおり、国民国家とは、「国民主権」

を標榜する限りにおいて、王政でも共和政でも共産国家であったとしても、樹立することが可能だ。こうした汎用性に加えて、「国民」という名によって統合された人々が持たされるナショナリズムは、国家の管理機能にとって都合よく、特に軍隊の徴兵において有力な資源となる。国民主権とは、命が国家に担保されることでもある。

一九世紀に世界に国民国家が次々と誕生したのは、その背景に植民地主義による西欧列強の非西欧圏への侵略があった。日本も、この潮流の中で明治維新を迎え、かろうじて独立国家の体裁を整えて、世界デビューした。一八七二年の学制発布と、翌年の徴兵令は、国民国家の枢要な条件である、教育と軍隊からの国民化の第一歩であった。そしてそれからわずか三〇年足らずの間に、日本は対外戦争を戦うまでになった。国木田独歩は、従軍記者となって『愛弟通信』(一八九四―五年)を発表して、戦時の兵隊たちの日常をレポートした。文学者たちが戦争に赴いて状況を報告するという「伝統」は、この時から始まったと言えよう。

前近代と切断した新しい「文学」の確立を目指した坪内逍遥は、『小説神髄』(一八八五―六年)で、西欧の文学概念を紹介した。そこで逍遥は、通俗的な「世態風俗」ではなく「人情」、すなわち、人間の内的な心理の動向を描写することこそが、小説の目的であると述べた。近代国民国家に模様替えしていく日本にあって、文学がはからずも、国家のイデオロギーを教化・

啓蒙していく役割をも担ってしまったのは、この「人情」を描くという一点にあった。

近代の文学が、このように戦争とリンクしてしまうことの根底にあるのは、近代国民国家の基本概念である「国民」にある。「国民」の総意によって保障される国家は、一方で「国民」における義務によって成立する。納税と兵役によって国家はその存立を確立するのだ。この価値の圏域に属する限り、近代国家の政治の根底に埋め込まれた戦争から逃れることなど到底無理である。戦争をめぐる世界の小説を読んでいくとき、そこに共通するのは、戦争へ赴くことを、「運命」として感受するメンタリティがあることである。愛国心に燃えていようが、いやいやながら徴兵されようが、基本的に戦争には行くものだという前提条件は崩れない。もちろん、法律として徴兵忌避は重罪となっており、社会的にも制裁があるということは、戦争に行く理由となる。だが、それだけが戦争に参加する理由のすべてであろうか。

西川長夫は「もし国家が戦争のための装置」(『戦争の世紀を越えて』平凡社、二〇〇二年)であるとしたら、その国家の一つの制度となっている文学も無縁ではなく、「文学も文学者も初めから、すでに常に戦争にまきこまれている」(同)と、近代の戦争と文学の関係について述べている。国家が要請するナショナリズムは、教育やメディアのなかで繰り返し教え込まれることによって、ほとんど自らの血肉となって、そのこと自体が異様なこととも思わなくなる。格段のナショナリストでなくとも、サッカーやオリンピックで自国の選手を応援し、国旗が掲揚されれば思わず粛々と見守ってしまうメンタリティは、教化された結果だけではなく、それを受け入れたいとどこかで願う欲動と直結して、身体的な経験として国家への同一化を果たす。戦争が勝利に終わったときの歓喜に満ちた興奮、外国の戦地で自国に似た風土に偶然に出合ったとき感じる郷愁、敵国の兵によって殺された同胞への哀惜と敵への憎しみなど、世界中あらゆるところで語られ描かれてきた戦争の描写を思い出してみれば、そうした感情の持ち方が決して特殊なものではなく、人間的な感受性として認知されてきたことが了解されよう。そしてそれらの感情は、文学が戦争を語るために用いられてきたのである。それはいかに反戦を訴え、平和を求めたとしても、結果として平和な「国家」とか、幸せな「家庭」とか、安穏な「市民」生活とかに回帰・回収される限りにおいて、この国家と戦争、戦争と文学の関係は変わらない。近代国家は戦争を内包している。だから近代の文学には、事前的に近代の戦争が読み込まれている。それは近代の文学が、近代の国家が生み出した一つの制度だからだ。

だが、この抜き差しならない戦争と文学、国家と文学の紐帯を断つことに、文学が力を発揮してきたことにもまた、気づかなければならないだろう。本書には、私の恣意的な選択によって選んだ七〇冊の書物が並べられている。いわゆる「戦争文学」には分類されていない書物も含まれている。だが、何気ない日常の一瞬に立ち現れる暗渠のような感覚には、もしかすると戦争の影が射しかけられているように思えてならない。

七〇冊の選定では、ただ一つの例を除いて同じ作家が重ならないようにした。その例外とは、徳田秋声である。この自然主義を代表する作家も近年、あまり読まれなくなった。しかも、戦時協力の文学団体であった日本文学報国会の小説部会長に就任した経歴から、二編も彼の作品を取り上げることに違和感を持つ読者もいるであろう。だが、私は市井の平凡とも呼べる日常生活の細部に注がれた秋声の眼の鋭さに、何時も圧倒されるのである。そこには淡々とした日常しか描かれていないのにもかかわらず、底の方からグッと押し上げてくるような実感をもって、私の内部に突き刺さってくる。自然主義文学のテーゼ、「無理想無解決」だと言えばその通りである。だが、戦争を「運命」として、何の疑問も持たない「国民」の姿がそこには描かれている。戦時とは実際にこのような風景があらゆる場所に蔓延したであろうことが、肉感的に感じられるのである。

中野重治に『そのとき徳田秋声と武者小路実篤とが顔を見合わせた』(『毎日新聞』夕刊、一九七四年六月一七日)という文章がある。一九四二年六月一八日、日比谷公会堂で日本文学報国会発足式が挙行された折の印象を綴ったものである。中野は失意の中でこの会に赴く。当時、体制的な作家だけではなく、彼のようなプロレタリア作家までもが糾合される対象となっていた。もちろん、入会しないという選択はありえた。だが、それを主張したからといって何になるというのか。国家の成員であるということは、このような決断を迫られるものなのである。

そこで中野は、壇上に並ぶ秋声と武者小路が笑いをこらえるようにたじろいで、うつむき加減に顔を見合わせる一瞬をとらえる。当日の主賓である東條英機が「由来文芸の仕事は天才者の仕事で」と訓示した瞬間のことであった。秋声は小説部会長に就任しているし、武者小路の戦争詩は文学者の戦争協力として戦後厳しく追及された。その二人が期せずして、東條の野蛮とも言うべき文学への無理解に対して、苦笑という同じ行為を起こしたのだ。二人の微苦笑は、東條の単純な無知への軽蔑ばかりではなかったであろう。軍人の持つ粗雑な感受性の鈍さへ対する身も世もないような恥ずかしさが、この二人の老大家に襲いかかったのだ。それを見た中野は「かすかな幸福」を感じる。そこにあるのは文学が持つ力への信頼であったであろうことを、私は確信する。わずかな裂け目のようなところに立ち現れた光景は、人間への信頼でもある。その人間を描いていくために文学があることの確認が、この戦時体制下の三人の文学者に、何も語ることなく共有されたことに、ある種の感動がある。

中野は「肉感的」という言葉をよく使う。本書に収めた『五勺の酒』でも天皇を天皇制から解放するために、共産党は「どれだけ肉感的に同情と責任をもつ」かと、主人公の口から問いかけさせている。それはおそらくは自分の身体の奥底から、自分の問題として他者を理解することはできるかという問いなのであろう。国家や社会や状況の判断によって導き出す理解ではなく、自分の身を賭して共感する人間性こそは、最強の理解となる。ここに立脚することの現実での難しさは言うまでもないが、文学という虚構のシステムこそはこの受け皿と成り得るのだ。文学と戦争は抜き差しならないほどの共犯関係を結んでいる。しかし、それを打ち破っていく可能性もまた、文学にはあるのだ。本書は「小説案内」と銘打たれているが、小説ばかりでなく、詩やエッセーや評論、ルポルタージュや日記、自伝なども含まれている。それらの文学的文章に共通するのは、直線的な戦争批判だけではない点だ。戦争を否定することによって欲望する平和は、時にはその戦争を生み出す原因へと変貌を遂げてしまうかもしれない。自らが立つ場所への根本的な疑義、あるいは自ら自身に内在化された「国民化」への疑惑なくして、恒常的に戦争を再生産するこのシステムには対抗できない。その作品の一つ一つに描かれた人間という存在への懐疑を手がかりに、戦争と文学の関係を想像力を拠りどころとして再構築したいというのが、本書を出す最大の理由である。その文学的想像力こそが、今ある思索の困難を照らし出していくことになるであろう。読者との多くの応答が叶えばと願っている。

目　次

第2章　女性たちの戦争 …… 33

第3章　植民地に起こった戦争は――

第4章　周縁に生きる……89

第5章　戦争責任を問う……121

第1章　戦時風景

戦争が始まっても、しばらくの間は、今までと変わらない日常が流れていく。戦地は遠く、ニュースは通り一遍で、しかも政府や軍部による情報統制がなされているから、戦争を実感する暇もない。しかし、こうやって、戦争は徐々に人々の日常のなかにしのびこんでくる。親しい人が戦死し、すぐ近くに戦火が迫って、これは危ないと危機感を募らせる頃は、もはや戦争は、抜き差しならない段階へと突入して、そんな危機感を排斥してしまう。

その一瞬一瞬のなかで、民衆は自らの生活を守ろうと必死に頑張るが、頑張れば頑張るだけ、知らないうちに戦争に協力していってしまうのは、国家が巧妙にその仕組みを造り上げているからだ。隣組制度や、戦時統制経済による配給制度、在郷軍人の軍事教練などなど、がんじがらめに人々を監視する仕組みのなかに封じ込める。そして、何より徴兵制度は、根底から当たり前の日常を奪う暴力なのだが、「非常時」の掛け声に踊らされて、従順に戦地へと赴くのだ。

戦地で兵士たちが見たものは、まさしく地獄に等しい、非人間的な戦争の素顔であった。文学の力によって明らかにされたのは、人間にとって、あらゆる悲惨の実相が、そこに集約して起こったということである。

本章では兵士のみならず、市井の人々や、敵となったアメリカ人が見たであろう戦争の風景も集めた。戦争における一日一日の身体と精神の緊張が、どのようにその個々の人々に、人間存在への深い洞察を打ち立てていったかについて、注目してもらいたい。

1　徳田秋声『戦時風景』

徳田秋声はその長い作家生活において、戦争翼賛の作品をほとんど書かなかった。同時に戦争批判を声高に叫ぶような作品も書かなかった。市井の庶民たちに眼を注ぎ、彼らの生活の細部から溢れ出る哀歓を活写した彼の作品は、いまなお読者たちを魅了してやまない。秋声は自らの日常のなかで思考し、自らが「視る」社会風俗のなかで執筆したのだ。『黴《かび》』（一九一一年）、『爛《ただれ》』（一九一三年）、『仮装人物』（一九三五―八年）、『縮図』（一九四一年）、という日本文学を代表する作品群が示す、連綿たる日本人の愛欲の姿は、人間の愛情、憎悪、諦観を余すところなく描出して、人間が容易ならない多様な感情をもって暮らしていることを、衝撃をもって気づかせてくれる。

『戦時風景』は一九三七年（昭和一二）七月七日の、盧溝橋事件勃発後に書かれた短編小説である。東京の二流の花街でも、戦争が始まると同時に雰囲気は一変した。芸者たちも千人針に勤しみ、土地の老妓は日露の思い出を語りながら、不安を吐露する。長唄の若師匠巳之吉も、義兄の入営で名古屋に行かなければならなかった。巳之吉は、この土地の師匠巳子蔵の愛弟子で、二二歳になる。巳子蔵は浮気なたちで、若い愛人朗子をほったらかしにして、他の愛人のもとに入り浸っている。朗子に同情した巳之吉との間に、いつしか関係が生じ、朗子は妊娠した。巳子蔵は粋人らしく彼らを許し、朗子と別れた。巳之吉は生まれた自分の子や朗子への愛情が、ふつふつと力強くわいてくるのをかみしめた。そんななかで戦争は始まった。

巳之吉に召集令状がきたのは、姉の夫の出征で、名古屋の姉の家を整理している最中だった。大急ぎで東京に帰った巳之吉は、何が何やらわからぬままに、気がつくと出征を見送る群衆で雑踏する駅で、送られる兵士となっていた。巳子蔵は何くれと世話を焼き、朗子の面倒は見るから、心残さず帝国軍人として戦ってくれと告げる。巳之吉はそれに兵士らしく応えながらも、万歳を叫ぶ巳子蔵に、「畜生、行けない奴は陽気でいやがる」と、顔の筋肉が引きつる思いで、心の声を爆発させた。

秋声が伝えようとする、「戦争に行きたくない」という庶民の正直な思いは、やがて戦争の進行とともに国家の弾圧の対象となっていった。一九四一年(昭和一六)、秋声の『西の旅』という単行本が、内務省警保局によって、「時節柄風俗上甚だ面白からざる」という理由で発禁処分となる。対象となった『卒業間際』に、まったく戦争は出てこない。戦争が出てこないから悪書と断ずる国家が、健全であるはずはない。民衆の瑣末ではあるが、大切な日常の機微を描き続けた秋声を、国家は公序良俗を紊乱《びんらん》する「情痴作家」として斥けたのだ。そうした秋声のあり方を、消極的抵抗だとする見方がある。だが、世情の思惑に振り回されることなく、まっすぐに人の心を深く描こうとした彼の創作姿勢こそが見事な抵抗であったと、私は強く思う。

2　火野葦平『麦と兵隊』

一九三七年(昭和一二)七月七日、盧溝橋事件の勃発により日本と中国は全面戦争に突入した。以来、一九四五年(昭和二〇)八月一五日の敗戦まで、おびただしい数の犠牲者が日中の双方に生まれた。火野葦平は一九三七年九月に応召、直ちに中国戦線に従軍した。出征直前に書き上げた『糞尿譚』は翌年に第六回芥川賞を受賞し、三月に文芸評論家・小林秀雄が、徐州まで火野に賞牌を届けに赴いた。火野は中支派遣軍報道部に所属、徐州会戦の記録を書くことになる。それが『麦と兵隊』である。

徐州会戦は一九三八年(昭和一三)四月から六月まで中国東部で繰り広げられた攻略作戦で、結果的に失敗に終わった。この年一月に近衛内閣は「国民政府を対手《あいて》にせず」との対中声明を出したが、戦局は膠着して解決を見いだせないままとなっていた。それだけに戦況は国民の関心を集め、『麦と兵隊』は一〇〇万部を超えるベストセラーとなった。だが、この作が大ヒットしたのはただ戦況報告がなされたからではなく、火野の人間観察が卓抜していたからだ。

作品の発表にあたっては、軍事作戦や部隊名、また女性のことを書いてはならないという陸軍による制約があった。何個所かを削除されたものの、火野は戦時の兵士たちの日常を描くことによって、この制限を回避した。中国の大地を鮮やかに描出し、非戦闘員の中国人たちとの交流も、随所に挿入された。進軍する日本人兵隊の生活や感情を、細やかに叙述したところに、この作品の魅力はあった。

しかし、ここは戦場である。作中には幾つもの死が、必然として描かれている。行軍の途中、敵の襲撃により「私」のすぐそばで死んだ兵隊、山のように積まれた中国兵の死骸を通り過ぎながら、この小説は進行する。「私」は徐々に人間性を失っていく。作品の最後に、中国人捕虜の処刑の場面が描かれる。中国兵は壕を前にして座らされ、日本兵は軍刀で彼らの頭を刎《は》ねる。思わず「私」は目をそらした。そして「私は悪魔になっていなかった」と安堵する。残虐さに反応する心、すなわち「目をそらす」ことで、自らの人間性が保持されたと、「私」は感じたのである。戦争のすべての残酷を封じ込めたこの一節によって、『麦と兵隊』は国民的な文学となった。もちろん、それは憎き敵を打ち倒しながらも、人間性を失わない雄々しき日本軍兵士への賛美として、読み取られたのである。

戦後、火野はその戦争協力によって、戦争責任を厳しく追及された。『麦と兵隊』は戦争文学の代名詞となった。客観的な叙述形態は「報告文学」という、当時の文学の流行とも重なっていた。だからこそ、処刑から目をそらすまっとうな感覚を持った「私」に、戦争の理不尽を知覚する一瞬の理性を求めたいと思うのは、酷な要求であろうか。その理性を希求するためにも、この作品は読み継がれなければならない。

3　小林信彦『ぼくたちの好きな戦争』

「戦争が突然に始まった」という表現は間違いである。それは一般には「突然」に見えるだけで、為政者たちは水面下の交渉や駆け引きの果てに、ある日、相手の理不尽な要求に対する正義の戦いという装いを繕って、開戦を国民に知らせる。平和のためという名目のもとに、軍事力を行使する理由を無理やりこじつけて、一気に国民を戦争に巻き込んでいく。戦争は周到に準備された計画なのだ。

一九四一年(昭和一六)一二月八日に開戦となった太平洋戦争の前年、一九四〇年(昭和一五)は神話上の天皇・神武天皇が即位してから二六〇〇年という年にあたり、皇紀二六〇〇年の奉祝行事に日本中は沸き立った。だから、敗戦まで日本は、西暦、元号、そして紀元という三通りの年号を持ったことになる。結局は開催されなかったが、東京オリンピックや万国博覧会の招致も決まっていて、この何の根拠もない年号を国際的にも流布しようとした。一一月一〇日から一四日までは国民の休日となり、華やかなページェントが、全国で催された。一九三七年(昭和一二)から日中戦争は始まっていたから、この束の間与えられた慰安の時は、国民を熱狂させた。だが、この国家の大盤振る舞いである未曽有の祝祭は、国民を「皇紀二六〇〇年」という、共同の神話に誘い込む装置でもあった。それは、次の大きな戦争を準備するものとして、仕掛けられていたとも言えよう。

『ぼくたちの好きな戦争』は、その皇紀二六〇〇年記念奉祝ムードに酔いしれる東京・下町の情景から始まり、敗戦の時までが描かれる。小学二年の秋間誠を主人公に、東京・下町の平凡な日常を覆っていたモダンなアメリカニズムが、ここには活写されている。やがて召集された叔父たちが赴くアジアの都市には、欧米の文化が刻印され、彼らを狂喜させる。戦争は皮肉な「国際化」でもある。日本では見られない映画や音楽が街には溢れ、エスニックな料理に舌鼓を打つ。彼らは戦争を楽しむ。彼らが求めるのは、笑いである。

一方、敵の海軍少尉ペンドルトンは、反日喜劇の映画シナリオを戦争の最中に執筆していた。小林はこのストーリーを、東京・下町の庶民の話と並行させながら進行させる。ほとんど日本のことを知らないアメリカの青年によって書かれたシナリオは、荒唐無稽である。どうした運びからか、日本が戦争に勝利して西海岸を領有するという筋となってしまった。ここで起こる可笑しくも奇妙に転倒した文化接触は、抱腹絶倒な喜劇となって圧巻である。

小林は皇紀二六〇〇年のモダンな奉祝行事は、日本文化を華々しく内外に示したものなどではなく、庶民たちの生活意識に欧米文化が、どれほど深く根を下ろしていたかの証拠であると、指摘している。そしてそれこそは大衆文化の達成であった。小林は、人々の日常生活に取り込まれた欧米流のユーモアのセンス、笑いの感覚の精髄に読者の関心を、巧みに誘導していく。それはもはや欧米文化というような枠組みではなく、人間の豊かな資質と読み替えられる。それらを抑圧していく「野蛮」な国粋主義こそは、戦争の到来を知らせる警鐘であった。「反欧米」は「日本化」などではなく、「野蛮」の別称であったのだ。戦争を回避する道の一つに、ユーモアという極めて理知的な「武器」があったことを、この小説は気づかせてくれる。

4　富士正晴『帝国軍隊に於ける学習・序』

戦時下の生活では「非常時」と呼んで、通常のしきたりや決まりを大きく変更させてしまうことがよくあった。もともと「非常時」という言葉は一九三二年（昭和七）ごろに流行った言葉で、一九三一年（昭和六）の満州事変以降、国際的な孤立や、五・一五事件などの軍部によるテロ事件で、国民の不安が高まっていたときに、総力戦体制を築き上げようとした政府が編み出した用語である。

富士正晴は一九六一年（昭和三六）に当時を回想して『帝国軍隊に於ける学習・序』という小説を発表した。戦争末期の一九四四年（昭和一九）ごろの職場や軍隊、町の様子を、軽妙な筆致で描いて、突出した魅力を湛えた作品である。

戦時下、召集されなかった男性たちは職場で、在郷軍人という退役軍人の軍事教練を受けなければならなかった。一見無意味な行軍や駆け足などをさせられる。彼らは、殴りはしないが、号令は徐々にエスカレートして命令、そして叱声へと変わる。教えられる側も、気をつけの姿勢や敬礼を練習しているうちに、「自分」という軍隊用語で自らを呼称したりして、その気になってくる。戦争に行かない者たちは、国防色と定められたカーキ色の国民服を着用し、足にはゲートルを巻いている。国民服は一九三九年(昭和一四)に陸軍主導で制定され、一九四〇年(昭和一五)から実施された戦時下の簡易服で、不格好ながら冠婚葬祭にも着用した。そんな職場に嫌気がさして、主人公は勤めていた役所をやめてしまう。彼は「日々の暮らしは警察や警防団や町会や隣組でがんじがらめ」にされていると感じている。しかし、無職でいると、徴用命令がすぐに来てしまうのだ。世の中も戦時一色で、妙に押しつけがましく、人を指図する。主人公は防空演習を逃れ、徴用工の訓練所をさぼり、その締めつけから逃げ続ける。だが、結局は教育召集の名目で軍隊に入営させられてしまう。

もはや戦争末期で、ひどい初年兵いじめの暴力は禁止されていた。あまりに自殺者や逃亡者が多く、兵士確保の意味からも軍隊は路線変更したのである。とはいうものの、集められた初年兵たちのあまりの軍事能力の低さに、主人公すらも驚いてしまう。とても戦うなどというレベルではない。にもかかわらず、この兵隊たちは、上級兵の恣意的な選別によって、前線に送られていってしまうのだ。

富士はこの理不尽な「非常時」というシステムを題材に、そこに介在する不可思議な支配と服従の関係を追及する。軍事作法の習得や戦時服装などで、「非常時」の感覚を学習させられた人々は、やがてそれが「日常」となったときに、もはやかつての自分には戻れなくなってしまっていた。権力を持ったものが行使する傲慢な支配欲に対して、手もなく従うばかりか、進んで協力していく不条理が、ここには描かれている。戦争を起こした為政者たちが、巧妙に創り上げた戦時「非常時」というシステムの不可解さを富士は鋭く暴き、なおそこに手もなく落ちていく「国民」の思考停止を、鮮やかに描出したのである。

5　大岡昇平『野火』

戦争は、平穏な生活の中では思いもかけない経験を人にさせる。それは自らの人間性を根本から問う、究極の自己の発見となった。大岡昇平が一九五一年(昭和二六)に発表した『野火』は、一兵卒の体験を描きながら、人間存在の倫理を追究する作品として、日本文学に新しい一ページを付け加えた。もちろん、それは戦争批判なのだが、そこにはなぜ人間はかくも困難な生を生き続けなければならないのかという、人間存在に対する根本的な問いが鳴り響いている。

戦争末期の一九四四年(昭和一九)、フィリピン・レイテ島に送られた田村一等兵は、喀血して野戦病院に入るが、米軍の砲撃で一人、戦火の山野に放り出されてしまう。所属部隊には帰れず、米軍上陸後、すでにフィリピン人からは敵性兵士と見られている現状では、彼の命を保障してくれるものは一切ない。死と親密な関係を結びながら田村は敗残兵となって、後続部隊が上陸したと噂されるパロンポンを目指して歩いた。その行程で否応なく体験する、余りにも非道な人間性への絶望的な不信。だが、それでも彼は生き続けようとする。この矛盾こそが作品の主題といえる。

田村は敗走の途中で、ある教会にたどりつく。会堂に忍び込んできた若い男女の密会に遭遇した田村は、驚く女を撃ち殺す。叫んだというだけの理由で。田村を捉えた瞬時の怒りと動揺は、殺人という最も忌まわしい罪を引き起こしてしまった。彷徨を続ける彼の食糧は尽き、精神は追い詰められていった。そして、道端に累々と打ち捨てられた死体の臀部の肉がないことに気づく。人類にとって禁忌である人肉を食べるという行為に、田村は直面し、試される。

衰弱しきった田村は、旧隊で一緒だった安田と永松に助けられる。「猿」の肉と称する肉を与えられるが、もはや拒否する力はなかった。やがて永松と安田はその「肉」を巡って争い、殺されると怯えた永松は、安田を殺してしまう。田村は怒りを感じる。「もし人間がその飢えの果てに、互いに喰い合うのが必然であるならば、この世は神の怒りの跡にすぎない」と断じ、神の代行者となって永松に銃を向ける。引き金を引いたかどうか、田村は覚えていない。

捕虜となりアメリカの病院に送られた田村は、日本に帰される。六年後、彼は食物を摂取することができなくなって、精神病院に収容された。この小説は田村の体験を記した「狂人日記」の体裁をとっている。だから、一連の戦時下の出来事は、彼の幻想かも知れない。だが、かくも無残にひとりの人間の内面を深く蝕んだ生存の不安は、決して癒やされることはないだろう。人間に潜むあらゆる暴力の欲望、そして人間の倫理と禁忌への懊悩を戦争は引き出して、被害者だけではなく、加害者をも苦しめ続けるのだ。

6　野間宏『顔の中の赤い月』

戦争が不幸なのは、殺戮を目的とする圧倒的な暴力がすべてを支配するからである。日常の生活において、自らの生命が保障されているというのは当たり前のことだが、戦争が始まるやいなや、それはすぐに忘れ去られ、「敵」に勝つことだけを願望する。彼らに勝つとは、究極的には、見ず知らずの彼らの死を望むということである。この思考の流れはじっくり考えればおかしな論理なのだが、未だ変わることなく世界のそこかしこで、十分に通用している。

こうした暴力の肯定は、軍隊の徹底的、かつ組織的な訓練によってすぐさま学習される。戦時暴力として想起されるのは、一般人をも巻き込む兵器による「敵」への無差別殺人、例えば原爆やホロコーストがすぐに思い浮かぶし、また敵方の女性へのレイプなどの戦時性暴力、捕虜のリンチ、人体実験などが、代表的な事例であろう。

しかし、最も直接的に行われるのは、同じ味方である軍隊内での、下級兵士に下されるすさまじい暴力である。新兵は古参兵の暴力を、日夜浴び続ける。返事の声が小さかったと言ってビンタされ、帰営時間に遅れたからと、精神注入棒と呼ばれる樫の太い棒で、尻を座れなくなるまで殴打される。軍隊は「規律」という名の「暴力」によって保たれていた。

野間宏は一九四七年(昭和二二)に発表した小説『顔の中の赤い月』で、それを「訓練と私刑に固く結びつけられた兵隊の日々」と表現している。主人公北山年夫は、中国からフィリピンへと転戦していくのだが、それは敵に対する戦いではなく、まさしく日本兵との闘いであったと言い切る。古参兵は暴力をもって行軍を無理やりに遂行し、疲労の果てに行軍から脱落した下級兵士たちを置き去りにした。

北山は戦友の中川二等兵に手を差し伸べることもなく、サマットの坂道に見捨てた過去をもっていた。もちろん、自分が助かるためである。誰も北山の行為を責めることはできない。だが、生きて帰還した北山は、戦争で夫を失った堀川倉子と知り合い、淡い恋情を覚えるものの、彼女の左目の上にかすかに見える赤い斑点が、あの南の空で見た大きな赤い月へと変貌する幻惑に襲われる。中川の最後の言葉「俺はもう歩けん」が、再び北山の耳にこだまする。愛のみが、この殺伐と乾いた心を満たしてくれるものと思っていたのに、軍隊の非人間性は北山の心を責めさいなみ、愛を信じさせない。この泥沼のような人間存在への不信こそが、戦争がもたらす最も恐ろしい悲惨であるように、思えてならない。戦争が終わっても、人の心の崩壊は終わらない。

7 ジョン・オカダ『ノーノー・ボーイ』

一九四二年二月、フランクリン・ルーズベルトは「大統領令9066号」に署名した。国防上必要あるときは、外国人を無条件に隔離することができるというこの法律は、一九七六年に廃止されるまで効力を持ったが、有事には無作為に「敵性外国人」を迫害できるという悪法である。その後、調査が重ねられ謝罪・補償が行われた。日系人にのみ断行された個人私財の没収と強制収容所収監は、この法律によってなされた。一九四一年一二月八日の真珠湾攻撃は、西海岸へ日本軍が上陸するのではないかという恐怖を起こし、すぐに日系人への差別を激化させていった。しかし、このような根拠なき猜疑心や恐怖心が、往々にして理解を超える法や慣習を成立させてしまう。

この法によって「敵性市民」となった日系人一二万人余りは、内陸部の砂漠地帯などに設けられたマンザナー、ミニドカなど、一一カ所の強制収容所に送られた。私財は放棄せざるを得ず、西海岸一帯に広がった日本人町も壊滅した。収監されるときに三三項目の質問が課せられた。そのうち第二七項はいかなる場所にあっても合衆国軍隊で戦闘義務を果たすか、また第二八項は無条件でアメリカに忠誠心を誓うか、というものであった。この二つの質問に「ノー」と答えた者が「ノーノー・ボーイ」である。ジョン・オカダはこの不服従の青年、イチロー・ヤマダが終戦後、二年間の刑期を終えて故郷の町シアトルに帰還するところから物語を始める。

日本は負けていないと信じ込む母は、「ノー」と言ったイチローを周囲に誇ってやまない。だが、アメリカへの忠誠心を示すために、多くの日系二世の青年たちが従軍して戦死した日系社会にあって、イチローは犠牲と義務を果たさなかった人間として批判される。アメリカ社会でも、刑務所に行った危険な胡散臭い「外国人」とみなされて、疎外される。アメリカ人として教育を受け生活してきた二世のイチローに与えられた、この宙吊りの状態こそが、戦争によって敵となった「移民」の、孤絶した苦悩を生み出す源泉であろう。

作者ジョン・オカダ自身は、一九四二年にミニドカ収容所に収容されたあと、従軍している。生まれ故郷シアトルのワシントン大学で二つの学位をとり、コロンビア大学で英文学の修士号を取得したエリートの日系二世である彼が、この小説を書く理由の一端には、英語もよく話せない一世との断絶があった。それでも彼らを家族として愛慕してやまない心情の葛藤は、オカダを苦しめた。一九五七年に発表された本作は、アメリカ社会からも日系社会からも、顧みられることはなかった。オカダは一九七一年に、わずか四六歳でこの一作のみを残して亡くなるが、戦争によって露わになったイチローの葛藤は、未だ世界のあらゆる場所で生み出され続けている。

8　古処誠二『接近』

誤解を恐れずにあえて言いきってしまえば、戦争とは異文化との接触とも表現できるのではないだろうか。戦時下、多くの兵士たちは地球上の様々な場所に運び去られ、戦った。人間は生きるために生活しなければならない。戦争という「非常時」のなかに、生活という「日常」

をこなしていく。その過程で、人々は異文化を生きている生身の「他者」に遭遇する。

フレッド・サカネはハワイ出身の日系二世である。日米戦争開戦とともに敵性外国人となった日系人たちは、強制収容所への収監など刻苦を強いられたが、ハワイでは日系人の住民比が高いために全員を収監することができず、逆に日系二世部隊を編成して、戦争に参加させた。本土に送られた彼らは、第442連隊戦闘団としてヨーロッパ戦線などで、目覚ましい勲功を立てたが、このなかにアメリカ陸軍情報部（MIS）に所属して、日本の情報収集、翻訳、捕虜尋問などに携わった兵隊がいたことは、あまり知られていない。戦後彼らは、その経験を語ることを好まなかったからだ。彼らはMIS語学学校で徹底した日本語教育、また日本軍人の挙止や態度を学習して、日本に潜入して日本人に紛れ込んで活動した。フレッドもそうやって沖縄に赴き、仁科上等兵という日本兵に化けた。同じくトーマス・ナカネは、上官の北里中尉となり、二人は行動を共にした。

安次嶺《あしみね》弥一は、一一歳の沖縄本島の小学生である。軍国少年の弥一は、両親が北部に避難疎開した後も村に留まり、兵隊に協力して土木作業や物資調達に勤しんだ。その弥一がある日偶然に、近くの壕に避難する北里と仁科に遭遇する。北里は足に重傷を負って身動き取れない状態にあった。弥一は彼らに食物を運んだ。しかし、区長はそんな弥一を戒める。戦闘に疲れた兵士たちが、いつ自分たち住民の食糧や寝床を奪うかもしれないと、心配しているのだ。実際、軍を離れ、遊軍となった兵士たちが略奪をしたり、スパイの名のもとに住民を虐殺していた。

弥一はやがて仁科と北里が、米兵であったことを知る。しかし、日本人兵士たちが自分たちを裏切っていく中で、唯一自分を守ってくれた彼らを、殺す気にはなれなかった。この奇妙な転倒は、一体何なのだろうか。心が結び合ったからなどという、単純な解釈では説明しきれない何かが、ここには介在している。それは、異文化の中で学び合った者同士だけが共有することのできる「人間性」の質そのものと、関係しているのだ。互いが異質であることを認め合い、なおそこから発展させていこうとする、理性を伴ったコミュニケーションのあり方が、ここでは問われている。子どもと大人であるとか、敵と味方であるとか、外国人と日本人であるとかなどは、関係ないのだ。

古処誠二《こどころせいじ》は、一九七〇年(昭和四五)福岡県に生まれた。もちろん、戦争体験はない。自らの航空自衛隊での経験や、戦争に関する膨大な資料を素材として描きだすその世界は、圧倒的なリアリティに満ちている。それは一言の言葉も残さずに戦争に斃《たお》れていった人々へ言葉を与え、彼ら彼女ら自身の物語を蘇らせていく行為となって、私たち読者に戦争を思考させる。

9　江戸川乱歩『防空壕』

近代戦争において飛行機の果たした役割は大きい。近代科学の粋として開発された飛行機は、空を飛ぶという人類の夢を実現させた乗り物であった。一九〇三年(明治三六)にライト兄弟が有人飛行を成功させてから、全世界は飛行機の魅力にとりつかれた。二〇世紀はまさしく飛行機の世紀であったといってよい。

しかし、それは同時に新しい兵器の誕生を告げるものでもあった。一九一四年(大正三)の第一次大戦の勃発とともに、軍用機の開発が進み、第二次大戦においては航空機が戦闘の主流となった。一九四三年(昭和一八)ボーイング社は、B29という画期的な航続能力をもった爆撃機の実用化に成功した。一九四四年(昭和一九)から、アメリカは日本への空襲を始め、一九四五年(昭和二〇)には日本全土にわたる攻撃を断行、日本は焦土と化した。

江戸川乱歩の『防空壕』は、戦争末期、毎日のように空襲に見舞われる東京を描いたものである。市川清一は平凡な会社員である。戦火に翻弄されながらも、実は心を昂揚させていた。彼は爆撃機B29が編隊を組んで、輝く銀色の機体を光らせながら飛来する、その美しさに魅了されていた。夜には敵の落とす照明弾の光の渦に感嘆し、それを迎え撃つ高射砲から放たれる火花と、焼夷弾の炸裂が奏でる光と音のページェントに、危険も忘れてうっとりするのだった。

ある日の大きな空襲の凄絶な情景に心奪われながらも、いよいよ危険の迫った市川は、疎開して空き家となった実業家の豪邸の防空壕に飛び込む。そこで彼は、この世のものとも思われない美しい女に出会う。東京は「ひとかたまりの強大な火焰」となって燃え上がり、轟音と爆風は、容赦なく彼らの防空壕を打ちつけた。異様な状況のなか、市川は初めて会ったこの女性と命を賭して交情し、愛欲の限りを尽くした。業火のなかで、市川は歓喜に酔い痴れた。

朝方、ようやく空襲は終わったが、彼女の姿はどこにもなかった。夢のようなこの一夜の思い出を胸に、市川はこの女を東京中、捜し歩いた。宮園とみという五〇歳を過ぎた女が、その夜、防空壕にいたという噂を聞きつけ、会いに行くが、そんな若い女はどこにもいなかったと、とみは証言する。市川は神隠しにあったようなこの女性を、執拗に思い続ける。「美しさ身の毛もよだつ五彩のオーロラの夢」という奇妙な文句を呟きながら。

乱歩はこの小説の最後にとみの話という第二章を付けた。このとみこそが、市川の求める理想の美女であったのだ。防空壕という暗い閉鎖した空間で起こった誤認のドラマは、一種の笑劇である。B29の美しさに魅了される市川は、とみを美女と錯覚することによって現実を失っていく。彼の危うく揺れ惑う内面は、自分たちを殺戮する敵方の飛行機を賛美する、市川の矛盾を表すものであろう。だが、市川が経験した防空壕の一夜こそは、戦争が持つ根本的な非現実性を表象したとも解することができよう。乱歩は、戦争が持つおぞましさと、同じくらいの美しさという、両義的な側面を暴き、人々が戦争に魅了される不可解さを表出した。

10　大城立裕『日の果てから』

六月二三日は沖縄戦が終結した日として、沖縄県では「慰霊の日」という記念日が設けられ、糸満《いとまん》市摩文仁《まぶに》の平和祈念公園で、沖縄全戦没者追悼式が催される。一九四五年(昭和二〇)四月一日、アメリカ軍はついに沖縄本島中部の読谷《よみたん》から北谷《ちゃたん》にわたる海岸に上陸、軍、および住民は、一斉に避難を開始したが、アメリカ軍の物量作戦は苛烈を極め、日本軍はじりじりと追い詰められ、六月二三日未明、第三二軍司令官牛島満中将は、摩文仁の切り立った断崖に設営された司令部壕で自決した。

『日の果てから』はこの沖縄戦を正面からとらえた作品である。神女の家系である神屋家の主人・仁松は自分の家の土地が、知らぬ間に軍に接収されていたことに怒り、山羊小屋に放火して刑務所に入る。残された妊娠七カ月の妻ヒデ、母カマド、子の昌一、正子は仕方なくガマ（自然洞窟、戦時中防空壕や軍の施設に転用された）や、豚小屋を転々としながら逃避行を続けた。仁松も移動刑務所となって、刑務官らと南部に向かうが、先行きはまったく見えない。目的も方向も見失った沖縄の人々が、ともかくも自力でアメリカ軍の猛攻から身を守ろうとする状況を、大城はきりきりと緊迫した筆致で活写する。

畑では農作物が枯れ、焼け、あるいは食いつくされたあと、梅雨で雑草がのびてあたらしい原始の荒野がひろがり、そこを人間の死体が覆った。

沖縄戦で日本軍は「軍民一体」という掛け声を掲げ、兵士不足を補おうとした。アメリカ軍は五四万人、それに対する日本軍は一一万人余り、戦力には大きな差があった。日本軍は住民保護をするどころか、彼らを軍に取り込み奉仕させた。「防衛隊」という補充兵を募集し、また男子中学生の「鉄血勤皇隊」、女学校生徒の「ひめゆり部隊」など、未成年を含んだ一般人を戦力として編成し、「切り込み隊」という自爆行為すらさせた。五月三一日に首里に置かれた司令本部が陥落、第三二軍は南への撤退を余儀なくされた。これから六月二三日の牛島の自決までの間が、最も凄惨で過酷な戦いが繰り広げられた。兵士も住民も、無差別に殺戮するアメリカ軍の銃撃や火炎放射器の攻撃、海岸際に追い詰められた人々の絶望的な集団自決、解散と告げて住民を置き去りに散りぢりに逃走する日本軍兵士。二三日に沖縄の組織的戦闘は終わる。だが、戦争はいったん起こしたなら、権力者の終結宣言や自殺などでは終わらない。被災した人々の苦労は果てしなく続き、死者の声は虚空をさまよう。人間性に対する絶対的な不信は決して癒やされないからだ。見る限りの地獄と称された沖縄戦の根底に横たわる「人間性の真価とは何なのだろうか」という嫌疑は、七〇年余りたった今でも、問い続けられている。

11　梅崎春生『桜島』

一九四五年(昭和二〇)七月、転勤となった「私」(村上軍曹)は鹿児島県坊津《ぼうのつ》の基地隊から徒歩で枕崎へと向かった。枕崎からは汽車に乗り、谷山本部へ寄り、新任地桜島へと赴けばいい。だが、村上は途中で乗り換えるバスに遅れ、小さな町の旅館に一泊する。同宿した若い海軍士官・谷中尉と戦況などを雑談するうちに、谷はじろりと「私」を眺め、「美しく死ぬ、美しく死にたい」と漏らす。

その夜、町に一軒だけの妓楼に二人で出かけるが、娼妓は一人しかおらず、谷が譲って、「私」が相手となることになった。女には右の耳がなかった。「私」はこのうらぶれた妓楼の一夜が、自分の青春にどのような終止符を打つのかと考える。女は「私」がどのように死ぬのかと問いかけ、「わたしは不幸よ」と言い放って、どっと泣き崩れた。「私」の胸に一気に愛情があふれ、歯を食いしばるような気持ちで、女の頬に手を触れた。

桜島に着くと壕に避難した執務室で、「私」は電信の解読業務についた。暗号解読を主たる業務とする電信員の仕事も、たいして多くはなかった。戦局は敗色が濃くなっており、通信も途絶えがちとなっていたのだ。真向かいに見える鹿児島の町は、数度の空襲で焼け野原となり、虚しい廃墟となっている。それでも軍隊の内部では、偏執的な上官による制裁が横行し、予科練や特攻隊の若者はすさんだ表情で世のなかを眺めている。人間性を喪失した末期的な状況のなか、「私」はせめて自分だけは「美しく生きよう、死ぬときは悔いない死に方をしよう」と決意する。しかし、見張りに立った顔見知りの兵隊が、あっけなく機銃掃射で殺された現場で、「私」は「滅亡が、何で美しくあり得よう」と覚醒する。玉音放送のあと、いきりたつ上官と敗戦の真偽を問いただしながら、「私」の眼から熱い涙がしたたり落ちた。悲しいのかもわからない、それでも涙だけがあふれて止まらなかった。

戦争が終わってわずか一年後に発表された、敗戦間際の一カ月余りを描くこの作品は、戦争文学の代表的名作として高く評価された。それから二〇年を経て、梅崎は最後の長編『幻化』(一九六五年)を書き、その年に五〇歳で逝去する。『幻化』は小説家・五郎が精神病院を逃げ出して、南九州へ逃避行する話である。五郎は明らかに『桜島』での「私」の二〇年後の姿だ。枕崎から坊津に逆コースで再訪するが、この旅は二〇年前のネガである。そんな五郎の歳月を鋭く批判する幻聴が聞こえてくる。「化けおおせたことが、そんなにうれしいのか?」

戦争は深く長く人間を捉えて離さない。戦時の緊張に満ちた死をめぐる精神の葛藤は、梅崎にかくも厳しい死への洞察と自責を、死の間際まで強要した。「美しい死」「悔いない死」など、どこにもないのだ。

12　原民喜『夏の花』

原民喜は極めて内向的な人であった。寡黙というのも通り越すほど、人との接触を避けていた。結婚してからは妻の貞恵を「通訳」と呼んで、外界との交渉役を任せていたが、彼女が病を得て一九四四年(昭和一九)九月に亡くなると、原のその性格はますます閉じていった。一九四五年(昭和二〇)一月、東京を離れ広島の生家に帰郷する。

八月六日の朝、「私」は便所に入っていた。午前八時一五分、米国の爆撃機エノラ・ゲイ号はリトル・ボーイと名づけられた重さ五トンのウラン爆弾を広島に投下した。世界最初の原子爆弾である。ほとんど全裸であった「私」は「頭上に一撃」をくらったような驚きで、思わず「うわあ」と喚いた。目の前が暗くなり、「面倒なことになった」と思い、腹立たしい感情が湧き起こる一方で、その「うわあ」は別人の声のようにも思えた。

外は瓦礫の山で何もない。都会に疲れ、心を癒やすために帰ってきた故郷は、「やわらかい自然の調子を喪って、何か残酷な無機物の集合」のようにしか感じられない。火災が迫ってきた。兄とともに避難する途中で見る凄惨な光景を、原は丹念に描写する。もはや男か女かもわからないほどに腫れあがった顔で水を懇願する人々、河原に横たわって断末魔の呻きを発する若者、助けてくれと絶叫する警防団の服装の男。原はむしろ淡々としたといってもよい筆致で、この地獄絵を描いていく。甥の亡骸を発見した時ですら、「私」は、黄色い半ズボンと、ベルトの目印があったからだと、そっけないほどの簡潔さで言い切る。

「超現実派の画の世界」のような光景のなかで、原はあふれるように言葉を吐き出していく。

ギラギラノ破片ヤ
灰白色ノ燃エガラガ
ヒロビロトシタ　パノラマノヨウニ
アカクヤケタダレタ　ニンゲンノ死体ノキミョウナリズム
スベテアッタコトカ　アリエタコトナノカ
パット剝ギトッテシマッタ　アトノセカイ

片仮名で表記された詩ともつぶやきともつかない言葉の断片は、現実を喪失した原の奇妙な感覚が表現されている。それは一方では彼が、あっけないほど簡単に軽んじられた生命の姿を、いかに真摯に直視したかを明瞭に表している。「模型的な機械的なものに置換えられている」死体を凝視するとは、どれほど精神のエネルギーを消耗する行為なのか……。

原は被爆してすぐにノートを取り始めた。これが『夏の花』の原型となったのだが、驚くのは混乱の只中で、このような客観的な記録が残せたことである。相手と話すこともかなわないような原が、冷静に、そして饒舌に、文字の世界に留めていった人類の極北の情景は、『夏の花』に封じ込められた。一九五一年(昭和二六)、原は国鉄中央線の線路の上に自らの身を横たえて、その四六年の生を閉じた。人間としてのすべての感情を使い果たしてしまった原の慟哭を、私たちはどのように、どうやって、受け取っていけばいいのだろうか。

13　安部公房『変形の記録』

戦時犯罪にかかわる罪状は、敗戦国と戦勝国では雲泥の差がある。戦争はどう言おうとも、敵国の人間を殺戮するという最終目的を持っている以上、「殺人」の意味づけが双方で違ってしまうからだ。日本にあっては、戦後東京裁判で戦争責任が裁かれたが、戦勝国の判断のなかで下された罪状は、多くの矛盾を抱え、戦争そのものの罪については、ついに問われなかった。もちろん、戦争への道を拓いた為政者たちに責任があることは明らかであるが、ただそれだけで戦争は遂行できない。誰しもの心の闇に潜む独善的な感情が、それを支えてしまったことを、安部公房は小説に描いた。

一九四五年(昭和二〇)八月一四日、つまり終戦の一日前、中国戦線でコレラに罹った兵隊の「ぼく」は、退却する部隊に置き去りにされてしまう。水を求めて転がり出た街頭の真ん中で、「ぼく」は、少将、中佐、少尉二人と、山ほどの物資を積んだ味方のトラックに出合う。サイダーを投げてもらってそれにすがりつくと、「ぼく」は味方の彼らに銃撃されて死んでしまう。コレラ撲滅のためのいたしかたない処刑であり、死んだ兵隊のためにもなったと、魂となってトラックに乗った「ぼく」は、彼らの言い訳を聞く。

敗残の日本兵が集合するP町に一向に行き着かない少将は、いらだって部下を責める。彼は生きて「国に帰って、金魚を飼わなけりゃならんのだ」と主張する。南少尉はもう案内はできないと車を降りようとするが、たちまちもう一人の少尉によって銃殺されてしまう。「ぼく」と南少尉の亡霊を乗せたトラックは、日本軍によって撲滅された中国の村々をぐるぐるとさまよう。そこには何百人もの村人が、幽鬼となってトラックを襲撃する。ついに敵に包囲された少将は、手りゅう弾で自決する。少将の魂を探しに行った「ぼく」たちは、彼がするりと瀕死の浮浪児の少年の体にすべりこむのを目撃する。「ぼく」たちは少将が「前科者」であり、何度もの死をくぐりぬけ、生きている人間から肉体を盗んで生き延びてきたことを知る。「ぼく」と南少尉、体を乗っ取られた少年の三人の魂は、浮浪児となって逃走する少将の行く末を監視するための奇妙な旅を、はじめることになった。

戦争犯罪が決して戦時下の行為の結果としてあるのではなく、もともと持っている人間の心根のあらわれなのが、この作品から伝わってくる。戦争責任は往々にして倫理の問題として語られがちだが、それは矛盾に満ちた解釈であろう。戦争そのものが、人間にとって最大の倫理への裏切りであるからだ。だから、戦争責任裁判は判決の基準が明確でない。例えばBC級戦犯への有罪の根拠はわかりにくい。特に日本では適用がわずかであったものの、C級の罪状、「人道に対する罪」を決定するのは何によるのか、戦勝国の兵士たちが裁かれないのだから、はなはだ曖昧である。

一九八七年(昭和六二)に公開された原一男監督のドキュメンタリー映画『ゆきゆきて、神軍』には、戦後一貫して戦争責任を追及して、かつての戦友や上官たちを詰問するために全国を行脚した奥崎謙三の姿が描かれている。結局もと上官と間違って、彼の家族を銃撃して、一九八三年(昭和五八)に逮捕された奥崎の行為そのものは、すっかり戦争の影など忘れきった日本では一種のアナクロニズム、あるいは狂気としてしか受け取られなかった。だが、奥崎にとっての戦後とは、他者の肉体をかすめ取り変形しながら生き続ける非情な戦争責任者を追いかける、亡霊となった元兵士そのものと重なり合っているのだ。映画の惹句ともなった奥崎の言葉「知らぬ存ぜぬは許しません」でしめくくれば、知らぬ存ぜぬは、やはり許されないのだ。

第2章　女性たちの戦争

徴兵制は、ほとんどの国で男性にその義務を負わせている。女性は、国を守る男性を讃え、戦意を高めていくための支えとなって、「銃後」を守るという役割が与えられた。だから、女性は直接に敵を攻撃したり、殺戮しなかったのだから、戦争責任から免れており、むしろ、戦争の被害者として見られる傾向が強かった。だが、男性が戦争に取られた結果、空いた労働力の穴を埋めるため、女性も生産労働の前線に立った。それを、女性の戦争責任の一つであるという見方や、戦争に抵抗することなく何も言わないままに戦時体制に奉仕・協力したことを、戦争責任であるとする見方もある。とはいえ、基本的には男性は戦争を欲望し、女性は平和を希求するというジェンダーによる戦争表象は、ほぼ全世界で定着しているといえるであろう。

本章で取り上げるのは、そうした「常識」を踏襲したり、あるいはまったく「常識」を裏切った女性たちを描いた文学作品である。何より戦争という現場のなかで、彼女らは何を考えていたのか、考えようとしていたのか、あるいはどうして何も考えなかったのか、考えようとしなかったのかをたどることによって、私たちのなかでは概念でしかない戦争は、ひどく現実的になっていくだろう。男女の双方に突然に突きつけられた戦争は、耐え難い痛苦と虚無を残した。女性の精神に作用したそれらを見つめることによって見えてくるのは、奇妙な言い方ではあるが、「情愛」としか名づけえないものが、再構築されていく行程であった。女性はもちろん、戦争を戦った。だが、男性とは違った形で、自らの内面に定着させていったのである。

1　壺井栄『二十四の瞳』

第二次大戦が終結して七〇年余りが経ち、一人の人間の生涯ほどの年月の積み重ねは、「戦争の記憶」という言葉の実感を忘れさせるに、十分な時間であった。それは戦争体験者が少なくなってきたからだけではない。あえて忘れようとしてきたのだと思われるほどに、「戦争の記憶」を語ろうとする心情は風化している。世界が間断なく戦争に苦悩し続けているのに、自国を戦火にさらさずにきた稀有な国だったからと、逆説的に説明できるかもしれない。

『二十四の瞳』は一九五二年(昭和二七)、キリスト教系雑誌『ニューエイジ』に、ひっそりと連載された小説である。前年九月に調印されたサンフランシスコ講和条約が四月に発効され、日本はアメリカによる占領から独立して、主権を回復した。政治的な転換のなかで書かれたこの作品は、作者・壺井栄の平易で心打つ描写によって、一二月に単行本として出版されるやいなや、多くの読者を得た。映画監督・木下恵介は、すぐに映画化を企画して一九五四年（昭和二九）に公開、現在も映画史にその名を刻んでいる。いわゆる反戦平和を訴える戦後思想の代表的な文学、また映像として、その記憶を伝えている。

しかしながらこの作品に批判がなかったわけではない。小豆島の小さな分教場に初赴任した女性教師・大石先生を通じて語られる昭和初頭から二〇年近くの物語は、まさしく戦争に人生を翻弄された庶民の生活史とも言い換えられる。男の子たちは徴兵され戦死、あるいは戦傷を得て帰還する。女の子たちは、家族のために働きに出たり、家業を継ぐために結婚したりして戦時下の青春を捧げた。大石先生は彼らの過酷な境遇に心を痛めるが、彼らの困難を解決することはできない。共に涙を流すことだけが、彼女にできる唯一のことであった。

この涙が、他国への加害者性を隠蔽し、被害者性のみを強調して、結果的に日本人の戦争責任の免罪符として機能したという見解は、一つの考え方である。だが、と私はいつもここで立ち止まってしまう。壺井栄が主張するのは、こうやって無言のままに斃れていった人々の、生の多様なあり方を明らかにすることだったのではないか。それはまさしく戦争がもたらす、最も悲惨な現実なのである。戦争文学とは戦争だけを描くものではなく、そのなかで生きるほかに方途のなかった人間の曖昧な生の根拠を、鋭く追求していくものでもあるのだ。

大石先生の涙は、彼らの記憶をとどめて、彼らの問題の解決を未解決のままにする装置である。忘却は許されない。一二人の幼き子どもたちが被った災禍は、未だ解決されていない。それは同時に今の私たち自身の問題とも重なっているのである。

2　角田光代『笹の舟で海をわたる』

一九四四年(昭和一九)六月、東京、大阪などの大都市、および広島、小倉などの軍事都市合わせて一三都市に対して、「学童疎開促進要綱」が閣議決定されて、大規模な小学生の集団避難が実施された。七月には緊急に沖縄、奄美が追加され、翌年四月には京都、舞鶴など四都市も追加され、また周辺都市でも自主的に疎開が奨励された。空襲の危険から子どもたちを守ろうとする集団疎開は、イギリスやフィンランドなどでも行われたが、基本的にはホームステイであり、日本のように学校単位で移転して、寺や旅館で集団生活をするという形式とは違っていた。もともと政府は「縁故疎開」という親戚や知り合いを頼る空襲避難を奨励していたが、戦争末期には米軍の空爆の激化で否応なく四五万人ともいわれる子どもたちの避難を、拙速に断行する必要に迫られた。受け入れ側の体制は整わず、子どもたちは厳しい環境に叩き込まれ、食糧不足による餓えや、子ども同士のいじめ、蚤や虱、病気などに苦しむこととなった。

春日左織は二二歳の時に風美子《ふみこ》と出会った。世の中は朝鮮戦争による特需景気に沸いていた。戦時中修善寺の疎開地で一緒だったと、懐かしそうに声をかけてきた風美子のことを、左織はまったく覚えていなかった。やがて左織は春日温彦と結婚するが、風美子は温彦の弟・潤司と結婚して、二人は義姉妹になる。左織はそこに微かな違和感を覚える。もしかして風美子は、自分と離れないために潤司と結婚したのではあるまいか。左織の懐疑は肥大していく。

風美子は疎開地で壮絶ないじめにあい、家族は空襲で全て亡くなり孤児となった。そんな悲惨な境遇の中で唯一の救いは、優しく接してくれた左織の思い出のみだと風美子は語る。左織にはその記憶がない。ただ、思い出すのは、子ども同士によって決められた集団生活のルールであった。決まりに従わない幼い子どもに対する凄まじいいじめに、自分も加担していたかもしれないという疑念は、左織を苦しめる。風美子はその復讐のために自分に近づいたのではないか。この根拠なき疑いを抱えたまま、左織は五〇年にも及ぶ長い歳月を風美子とともに重ねた。互いの信頼や愛着、それに相反する猜疑や当惑が、二人の人生を行き過ぎていった。

戦時下という異常な空間の中に放り出された子どもの内部に蓄積された傷痕は、かくも複雑な意識を造成する。最近のいじめはかつてと違って陰湿化、悪質化したとよく言われるが、この作品に現れるとおり、いつの時代でも子どもたちの集団は、とてつもない悪を実行することができる。それはいつも、大人たちの狂的な心性の反映としてあるからだ。

3　田村泰次郎『蝗』

日韓で喫緊の課題として立ちはだかる「従軍慰安婦問題」は、どのように語られていかなければならないのだろうか。戦場に赴いた兵士たちの性衝動を「慰安」するために動員された、被植民地の女性たちに強いられた沈黙の重さ、そしてようやく開かれた証言をどう受け止めていくかという宿題が、私たちに与えられたのにもかかわらず、これらを政治的駆け引きの道具として用いられたことへの負荷が澱みとなって、この問題に深刻な影を投げかけている。

戦後、「肉体文学」を提唱して、流行作家となった田村泰次郎は、一九四〇年(昭和一五)に召集され、一九四六年(昭和二一)に帰還するまで、中国各地を転戦しながら戦った経験を持つ。戦地で出会った「朝鮮人慰安婦」への強烈な記憶を留めた田村は、戦後二〇年近くを経て『蝗《いなご》』という作品にそれを凝縮させた。

原田軍曹は部隊の原駐地・楡次《ゆじ》から、大量の白木の骨箱を前線にまで輸送する任務のために、汽車に乗っている。車中は女たちの歌う軍歌〈露営の歌〉が流れている。彼女ら「朝鮮人慰安婦」五人を前線まで「運ぶ」という、もう一つの任務を原田は担っていた。途中で行きあった日本兵に強要されて彼女たちを「貸し出し」たり、同行する同じ部隊の兵たちに「使わせ」たりしながら、一行は進む。彼らに随伴するように、蝗の大群が彼らの上に渦巻いていた。

原田が思いを寄せる、ヒロ子という日本名を名乗らされた慰安婦は、途中地雷を踏んで重傷を負うが、原田は彼女を置き去りにしてしまう。ヒロ子は「廃品」となって捨てられたのだ。戦闘司令部に到着した時、女たちは二名となっていた。その二名で数百、数千の兵士たちの相手をさせようとする無謀さを非難する力は、原田にはもうなかった。彼もまた列に並んで、順番を待った。交渉を終えた原田は、慰安婦の足に這う蝗をはっきりと見定めるが、彼女は疲れ果てて、それを払う力も失っていた。彼女は「物体」となって、そこに置かれていた。

戦時「慰安婦」制度は、戦地で強姦などの性暴力を生まないようにという、もっともらしい名目で設けられた。だが、「慰安婦」制度そのものが、究極の戦時性暴力であることは言うまでもない。その「慰安婦」が歌う〈露営の歌〉、〝勝ってくるぞと勇ましく、誓ってくにを出たからにゃ、手柄立てずに死なりょうか〟の、「くに」とはいったい何処なのか、「手柄」とはいったい何なのか。戦争を戦わざるを得なかった彼女らの、長い苦難の戦後を購うのは、「物体」

としての身体からの解放であり、一人一人に備わる、それぞれの個性をもった主体の奪還である。にもかかわらず、彼女ら自身が政治利用されてしまう無神経な雑駁さには、強い違和感が漂う。彼女らは犠牲となった「聖女」でも、商取引きされた「娼婦」でもない。戦争という状況下を生き抜いた一個の人間として、彼女ら自身の顔と声、そして身体は、取り戻されなければならない。「可哀そうな被害者」に置き続ける暴力について、考える時期が到来しているのである。

4　森三千代『新嘉坡の宿』

シンガポール（新嘉坡）は、東南アジアの都市の特徴ともいえる近未来的な高層ビルに占拠されていた。目を転ずれば、イギリス統治期に建造された市庁舎と最高裁が空を高く領有している。この二つの情景は、アジア近代化の過程で、どれだけ「西欧化」したかを証明しているが、日本の痕跡を忘れてはならない。「南方」侵略の拠点として、一九四二年（昭和一七）から四五年（昭和二〇）まで、シンガポールは「昭南島」と称され、日本軍の占領地だった。

小説家・森三千代が、夫である詩人・金子光晴とあてどのない海外放浪に出発したのは、一九二八年(昭和三)末だ。二人は生活に行きづまった上に、三千代の新しい恋愛問題が起こり、共に苦しんだ。その末の決断が、海外脱出であった。旅費すら十分でない彼らは、行く先々の邦人社会を足がかりに、金子が絵を売ったりしながら生活費を稼ぎ、西への旅を続けた。上海からシンガポールまでは半年かけて、ようやくたどりついた。

西欧への道の中継点であるこの地で、また半年近く旅費の工面に奔走し、別々にヨーロッパへ向かったのは一九二九年(昭和四)末だった。一九三〇年代初頭のパリで落ち合った二人は、二年におよぶ生活との苦闘を経て、再びシンガポールを回り、一九三二年(昭和七)に日本に帰国した。足かけ五年に及ぶ放浪は、こうして終わった。

金子は、一九四〇年(昭和一五)に、当時の「南方」ブームに乗って、東南アジア放浪を書いた『マレー蘭印紀行』を出版した。三千代が上梓した『新嘉坡の宿』も、そうしたブームに乗ったものだ。だが、素材を共にしながら、二つの作品には大きな違いがある。金子の観念的な現状把握とは違い、三千代は民族と人種が混沌となって暮らす風景を、現実的な視覚で、みずみずしく活写した。金子はシンガポールを「焼けた鉄叉のうえに、雑多な人間の膏が、じりじりと焦げちゞれているような場所」と描写した。一方の三千代は、日本の娘たちを人身売買してきた主人が経営する、「大黒屋ホテル」という宿泊先の様子を具体的に書いている。

白服のがっしりした英国人のパトロンを待つ着飾った隣部屋のタイ美人、キニーネを借りに来た風采の上がらないインド人青年、階下に住むユダヤ人家族、ばか騒ぎする中国人学生、物置のような小部屋に病気で横たわる王族の親類と称するマレー人女性などが、それぞれの運命を抱えながら生きているさまは、まさに植民地の縮図と言って良い。近代帝国主義がもたらした植民地への欲望が交差するこの島は、やがて「戦利品」となって一九四二年から日本領になる。英国統治政策により、ゴムやスズなどの生産・集散地として、海外の多くの労働力を一九世紀から入れた結果、シンガポールは独自の文化様式を持つに至った。日本人も明治期から根を張って、邦人社会を作り上げていった。戦争への道はすでに整っていたのだ。

三千代は下町の日本人街で暑さにもめげず、ぽっくりを履き、だらりの帯を結んだ舞妓が、しゃなりしゃなりと歩く姿を描いている。植民地での日本人の意識を三千代は、この著でみごとに切り取った。三千代が創出した語彙「国違い」は、他者理解の不可能性を表出しながら、一方で、だからこそ理解していこうとする意思を湛えた言葉として、貴重に思えてならない。

5 高橋たか子『誘惑者』

一九三三年(昭和八)二月、伊豆大島の三原山で奇妙な自殺事件が起きた。実践女子専門学校(現実践女子大学)の学生が火口に飛び込んで自殺したが、それに同行した友人の女子学生が、実はその一カ月前にも、同じ学校の他の友人に付き添って、自殺ほう助していたことが判明したのだ。厭世観からの自殺と思われたが、二人で登って一人で降りてきた、この女子学生の不可解な行動は世間の興味を呼び、三原山は一挙に自殺の名所となった。この年だけで一〇〇人余りの自殺者を出した。満州事変、上海事変と戦火は打ち続き、日本は戦争の時代へと突入していたが、暗い不安が世の中を覆っていた。

高橋たか子はこの事件を雑誌で知り、即座に小説にしようと決心する。そしてこのような殺伐とした心理を描くために戦後すぐの、自分が知悉する京都を舞台に選択した。高橋は京都出身の小説家だが、京都大学に学び、作家・高橋和巳と結婚、日本には稀な観念小説の作り手として、和巳の死後、『空の果てまで』『怒りの子』『亡命者』など、質の高い作品を発表した。

戦後、鳥居哲代は京都大学で心理学を学んでいた。同志社女子専門学校(現同志社女子大学)

時代の友人砂川宮子は、家から押しつけられる縁談を厭い、帰郷せず京都に在住している。宮子は哲代に「死にたい」ともらす。死の理由は漠然としたものだが、その方法について宮子は明確に答える。「火山がいいわ」。哲代は即座に三原山を候補地に挙げ、そこに誘う準備をした。

宮子と旅する車窓から見る廃墟のような東京の風景に、哲代は驚き息をのむ。「これが戦争の？　その跡なの？」。哲代は宮子の死を見届け、京都に帰る。今は同志社大学で英文学を学ぶ織田薫も、女専時代の友人であり、哲代や宮子とは死に関する形而上的な会話を交わす仲間であったが、彼女は宮子の失踪に疑問を抱く。問い詰められた哲代は、宮子の自殺を告白する。薫は「あなたと宮子さんが辿った道を、私はあなたと歩いていきたい」と言う。京都の旧家に生まれた薫の漠然とした死への欲動を哲代は再び受け止めて、死への誘惑者となる。たった一人で下山した哲代を不審に思った登山者の通報によって、哲代は警察に捕まる。

この暗澹たる小説を貫く、理由なき死への願望は、曖昧であるからこそ、切実な問題となってこの女子学生たちをとらえて離さない。死にたいわけではない。哲代は「生きていたくないだけだ」と思う。焦土と化した廃墟の風景は、まさしく彼女らの心象風景と重なって、彼女たちに死をうながす。薫と同道した車中で、哲代は車中の男たちが交わす会話に耳を傾ける。「どたん場というものは、何とも筆舌に尽きるね」。「敗戦は最低のどたん場だから」。

あらゆる悪意や狡猾さ、非人情を戦争によって味わい尽くした日本人が、心に抱えた闇は深い。戦争は生き残った者にも、死にも等しい虚無を投げつけ、生きる意味を見失わせるのだ。

6 ベルンハルト・シュリンク『朗読者』

ドイツの作家、ベルンハルト・シュリンクの『朗読者』は、ナチスの戦争犯罪を描いた小説である。シュリンクはアウシュビッツ強制収容所の女看守ハンナの姿を通して、解決できないナチス犯罪の深淵を描いた。映画『愛を読むひと』(二〇〇八年)の原作でもある。

戦後初めて、ドイツ人がドイツ人を裁いた戦争責任裁判で、ハンナは自らが行った非人道的なユダヤ人収容者への迫害を、決して認めようとしなかった。自分は真面目に任務を遂行しただけであり、規則を曲げれば大いなる混乱が導かれたはずで、それを食い止めるために懸命に努力したと、主張した。ただ、衰弱した少女を選び、労働を免除して良い食事を与え、かわりに本を読ませるハンナの不可解な行為の意味は、法廷にいた誰も理解できなかった。

終戦後、市電の車掌となったハンナは、街で気分の悪くなった一五歳の少年ミヒャエルを助ける。やがて、親子ほど年の差の彼と関係を持つようになる。二人の恋愛が他と違うのは、ハンナがミヒャエルに本の朗読をねだることだった。そんなある日、突然ハンナは姿を消す。真面目な仕事ぶりが評価されて、上司から昇格の話を持ちかけられた直後のことであった。

何年かが経ち、大学の法学部学生となったミヒャエルは、ゼミの指導教授の導きで、偶然ハンナの裁判を傍聴する。ハンナの陳述を聞くうち、ミヒャエルは謎だったハンナの行動の数々を思い返す。ある日彼ははっと気づく。ハンナが、まったく読み書きができないことを。おそらくは貧しさのために、教育を受ける機会を失したハンナの飽くなき知的探究心が、朗読という行為を強要し、読み書きができないことを隠そうとする思いが、脈絡のない行動となって表れてしまう。そんなハンナの絶望的な生に触れたミヒャエルは、彼女の収監後、たくさんの物語をテープに吹き込んで送る。

やがて刑務所でハンナは独学で読み書きを学び、ミヒャエルに手紙を送るまでになった。もうすぐ刑期を終えるハンナを引き取る決心をしたミヒャエルのもとに、彼女が自殺したという報が入る。ハンナの遺品は、ナチスの犠牲者たちによって書かれた書物やナチス関連の本であった。読み書きを知ったハンナが発見したのは、まさしく自らの無知が招いた罪の重さであった。

戦争は、時として歴史の空白をつくってしまう。歴史に記すことのできない人間の内的な思いを、私たちはどのように残していけばいいのだろうか。まして文字を書くことも読むこともできない人々は……。おそらく文学はこの人々の記憶、とりわけその苦悩を請け負う装置となっているのに違いない。

7　宮田文子『ゲシュタポ』

一九二〇年(大正九)、宮田文子は作家・武林無想庵と結婚、パリへと旅立った。渡欧後はその華やかな行動で、在欧邦人のみならず、日本のマスコミにも数々のスキャンダルをもたらし、「妖婦」と呼ばれた。同じ時期に、旧弊な因習に縛られずに自由に社会に乗り出す女性たちが日本に頻出したが、彼女らはいつも社会的批判の矢面に立った。文子はその経験を小説などに結実できなかったこともあり、スキャンダルのみが残った。

しかし、文子はこの『ゲシュタポ』(初版一九五〇年。武林文子の名で発表)を残したことによって、一人の自立した作家として再評価されるべきであろう。再版された一九六一年(昭和三六)は、前年アルゼンチンで逮捕されたナチスの高官・アイヒマンの裁判が、イスラエルで開かれているときであり、そうした世界的なホロコーストへの関心を、日本に伝達しようとしたものと思われる。同時代の日本にあってそれは非常に野心的なことであった。

無想庵との離婚後、文子はアントワープの日本人貿易商・宮田耕三と結婚してベルギーにいたが、一九四〇年（昭和一五）にナチス・ドイツの占領下に置かれた。しかし、日本人は枢軸国側としての立場で、滞在を許された。一九四四年（昭和一九）、ナチスの敗色が濃くなり、邦人に対してドイツ・ベルリンへの避難が大使館より勧告された。宮田夫妻もベルリンへと逃れる。敗戦までの約一年近くの体験が、この小説の主軸となっている。

一九四四年九月、ベルギーから疎開した「私達」は、ベルリン西部のウイルマードルフ・ギュンツエル街一七番地のアニイ・ハイネマンの家に下宿することになった。それから一九四五年三月、ベルリン空襲が激しくなり、日本人は郊外のマールスドルフ城に移されるまで、アニイと生活を共にした。彼女はユダヤ人の父とドイツ人の母の間に生まれた。もちろん、ニュルンベルク法によって、第一級ユダヤ人混血として迫害を受ける対象となっていたが、父の持つ膨大な資産によるナチス高官との取引によって、アニイは収容所に収監されずに暮らしていた。だが、それも風前の灯であり、いついかなる事態になるかが、判断つかない状況にあった。ここに下宿する「私」がアニイから聞く、ナチスの徹底的なユダヤ人迫害は、信じがたいものであった。その迫害の中心がゲシュタポ、ナチス秘密国家警察である。文子は同じ時期をベルリンに過ごした駐在武官の雇員で、後に西洋史家となった坂尚敏の助けを借り、この物語を書いたが、史実との整合性をきちんとはかりながらも、論理ではとらえられない人間の行為と行動の理由を追求した。

金銭に執着し、状況に左右されるゲシュタポの役人たちが、圧倒的な権力を掌握した時、そこにはその凡庸で矮小な人間性であるからこそ、思いもかけない残酷さを生み出していく恐怖を、本書は強く訴えてやまない。それは、やがて書かれるハンナ・アーレントの『イエルサレムのアイヒマン』(一九六三年)と無意識下に繋がっているのである。

8 スヴェトラーナ・アレクシエーヴィチ『戦争は女の顔をしていない』

女性が戦争において、いつも男性の補助的な役割しか果たしてこなかったというのは、まったくの間違いであった。第二次大戦時のソ連で、対独戦に参戦した女性兵士は一〇〇万人を超えると、本書では告げられている。しかもそれは看護兵や軍医などばかりではなく、狙撃兵や高射砲兵、工兵や飛行兵として戦った。また、赤軍パルチザンとして地下活動に生命を賭した女性ゲリラ兵や、スターリングラード攻防戦を生き抜いた女性兵士もいた。それなのにどうして彼女らの存在が知られてこなかったのか。

戦争から帰った彼女たちを待っていたのは、思いもかけない民衆の反感であった。「女なのに戦争にいったなんて」「そんな女とは結婚したくないね」と、人々は彼女らを排斥した。また、彼女ら自身も、戦地の体験を思い出したくない、忘れ去りたいと願った。アレクシエーヴィチが、この沈黙の女性たちへインタヴューを開始するのは、一九七八年からである。五〇〇人を超える彼女らの声、そしてその感情や気持ちに、触れていったのである。

わたしたちが戦争について知っていることは全て「男の言葉」で語られていた。わたしたちは「男の」戦争観、男の感覚にとらわれている。男の言葉の。女たちは黙っている。

アレクシエーヴィチが本書を完成させた後も二年間もの間、出版はできなかった。この本で明らかにされたのは、女性もまた戦争を戦い、戦後まったくその功績を忘れ去り、なおも彼女たちを歴史から抹消しようとする男たちの力であった。「女の言葉」など信憑性に欠けるからと、男性戦争ジャーナリストは冷笑した。そもそも戦記は、男にだけ許された領域だったのだ。

アレクシエーヴィチが、ロシアや母国ベラルーシを駆け回って収集した、元女性兵士の証言に共通するのは、時間と空間を超越して再現する戦争の現場に関する記憶の細かさである。これを女性的と呼ぶのなら、それでもいい。だが、そのディーテールの再現力の微細さは、虚をつかれるような衝撃を含んでいる。ナチス・ドイツの横暴な侵攻に、居ても立ってもいられないような義憤に駆られ、女性らは立ちあがった。彼らへの憎しみこそが、彼女らの参戦の理由だ。第二次大戦において、最大の死者数を出したのは独ソ戦であり、ソ連では民間人を含め約三千万人の命が失われたと言われる。アレクシエーヴィチはそれについて、男性が戦争で関心を持つのは「行為であり、思想や様々な利害の対立」であるが、「女たちは気持ちに支えられて立ち上がる」と述べている。この「気持ち」が、戦場の出来事を克明に記憶する。

この本を読んでいて、不思議に思う個所が何カ所もある。それはこれほどの憎しみを糧に参戦した何人もの女性兵士たちが、敵のドイツ人兵士に対して、食物を与えたり、医療を施して、命を救っているのである。赤軍伍長だったタマーラ・ウムナャギナはスターリングラードで、負傷兵を発見、彼らを交互に引きずっていった。よく見ると一人はソ連戦車兵だったが、もう一人はドイツ兵だった。タマーラはどうしようかと考える。結局、彼女は二人とも交互に引きずっていった。タマーラは、それをこのように説明する。

ねえ、あんた、一つは憎しみのための心、もう一つは愛情のための心ってことはありえないんだよ。人間には心が一つしかない、自分の心をどうやって救うかって、いつもそのことを考えてきたよ。

ドイツ兵らの残虐を極めた戦時中の行為を見据えた同じ眼で、女たちは彼らの上に人間的な視線を注いだ。これを「男の言葉」で表現すれば、裏切りであったり、腰抜けとなるのだろう。だが、アレクシエーヴィチが示した、「女の言葉」に貫かれた戦争記録は、戦争そのものを相対化して考えていくための、もっとも明確な指標となっている。二〇一五年、彼女にノーベル文学賞が授けられた。それは、この「女の言葉」が持つ意義を、きな臭くなっていく世界に、もう一度思い出させるためのものであったと、私は確信している。

9　リリアン・ヘルマン『眠れない時代』

第二次世界大戦が終わった後にやってきたのは、東西冷戦構造という世界を二極化する対立であった。アメリカを中心とする資本主義国と、ソ連を中心とする共産・社会主義国陣営が、大戦終結の一九四五年からベルリンの壁崩壊の一九八九年まで、相容れようとはしなかった。

「冷戦」という言葉は、核戦争によって三つに分かたれた世界が戦い続けるという近未来小説『一九八四年』(一九四九年)を書いたジョージ・オーウェルが初めて用いたといわれているが、アメリカとソ連は直接には戦火を交えないものの、その鋭い対立によって、世界は危ういバランスの上に立たされたのだ。

アメリカでは共産主義に対する告発や摘発が終戦後すぐに始まり、戦時中にファシズムの監視のために設立された下院非米活動委員会が映画界や作家、芸術家の共産党活動歴を調査し、そこに協力しない調査対象者を議会屈辱罪で起訴し、有罪に追い込んだ。ドルトン・トランボなど「ハリウッド・テン」と呼ばれた映画人は業界を追放され、その後十数年にわたって迫害された。また『マルタの鷹』、『影なき男』で、ハードボイルド小説というジャンルを確立したダシール・ハメットは、証言拒否したために一九五一年に逮捕、一年間、ウェストバージニア連邦刑務所に服役した。一九三〇年代以来、彼の死の時まで三〇年間パートナーであった劇作家のリリアン・ヘルマンが、その時代を描いたのが本書である。

ハメットの逮捕に続いて、一九五二年ヘルマン自身も非米活動委員会に召喚され、共産主義活動をした友人の名を挙げよと迫られる。彼女は委員長ジョン・ウッドに宛てて手紙を書く。そこでヘルマンは、自分を救うために友人を傷つけることはできない、自分の「良心を今年の流行に合わせて裁断するようなことはできません」と証言を拒否した。ハメットもヘルマンも書く場所を失って、ヘルマンはデパートの販売員をして、生計を立てた。

一九五〇年代、上院議員ジョセフ・マッカーシーによって推進されたマッカーシズムと名づけられた狂信的な反共主義は、中世の魔女狩りをもじって「赤狩り」と呼ばれた。ソ連邦、またそこに呼応する社会主義陣営への漠然とした恐れは、やがて朝鮮戦争、ベトナム戦争を惹起し、対抗するソ連では東欧やアフリカ諸国の混乱を生み出した。かつての植民地や衛星国という「属国」で戦われる代理戦争の虚しさに胸を衝かれる。ユダヤ人のヘルマンは、戦時下のナチズムに抵抗する物語で映画化もされた『ジュリア』(一九七三年)の作者である。ユダヤ人に対する故なき偏見がホロコーストを生み出したことにヘルマンは強く抵抗するが、戦争が終わって東西冷戦時代下のアメリカで、同じ構造を持った「偏見」により再度圧迫されるとは、彼女自身思いもしなかったであろう。人間の想像力によって増幅された憎しみや恐怖が、かくも無益な迫害を招くことに、ヘルマンは憤怒と悲嘆をもって厳しく糾弾した。

10 大田洋子『ほたる』

東西冷戦下、アジアやアフリカで展開した代理戦争は、大国の論理のもとに実行され、出口の見えない泥沼へと人々を追い込んでいった。核兵器はそのもっとも有効な切り札となって、米ソは、広島、長崎の未曽有の大惨禍がなかったかのように開発を競い合った。

『ほたる』は、戦争が終わって数年が経った広島を舞台とする短編小説である。原民喜の文学碑の場所を決めようという文学者の集まりに、たまたま帰省していた作家である「私」は加わった。戦後七年も経つというのに広島には原爆被災の跡が生々しく残存していた。「私」が宿とする末妹の家も、練兵場あとに建てられた小屋のような復興住宅である。低地にあるせいか、なめくじが、引きも切らずに畳をはい回る。疎開中に被爆した「私」は、その経験を小説に書いてきた。だが、書いても書いても、書き切ったという満足感は得られなかった。

「私」は重度の傷跡によって原爆一号と呼ばれ、マスコミにもよくとりあげられた木川誠と、戦後すぐから取材を通じて知り合っていた。彼が自分よりも「いちばんひどい」被害を受けたと断じる一九歳の高田光子に、「私」は会いに行く。だが、会った瞬間に、その顔に刻印された傷跡のあまりの酷さに衝撃を受け、泣き崩れる。光子は感情を放棄したように「私」を眺めていたが、一言「あきらめていますから、だいじょうぶです」とぽつりと漏らす。「私」はあきらめてはならないと言おうとするが、言葉にならない。

原爆の熱線を浴び、全身に傷を負って、容貌を著しく損なわれた被爆者は、原爆被害の代表的な事例となって世の中に喧伝された。米軍は事細かな映像記録を撮っている。沖縄戦フィルムを買い戻す一フィート運動と同様に、広島では一〇フィート運動となって、それらのフィルムの公開が求められた。また女性作家・真杉静枝は、被害者の若い女性たちに治療を受けさせるべく奔走した。被害者は「原爆乙女」と呼ばれた。ジャーナリストのノーマン・カズンズは、アメリカの世論に訴え寄付を募り、一九五五年(昭和三〇)、二五名の「原爆乙女」が渡米して治療を受けた。彼女たちはアメリカで、「ヒロシマ・ガールズ」と呼ばれている。

しかし、この時期こそ米ソは核実験を重ね、核兵器開発に狂奔していたのだ。一九五四年(昭和二九)の第五福竜丸事件は、ビキニ環礁で行われた核実験による惨禍である。大田洋子の慟哭は、見世物のように被害者を「観察」して「同情」を寄せながら、一方に核兵器の威力を増大しようとする、グロテスクな大国の矛盾への告発ともなって、私たちの心を打つ。

11　林芙美子『浮雲』

福井県敦賀の長い旧桟橋の先は午後の光に反射して、海に溶け込んでいた。港湾整備事業の工事はかつて、この桟橋の中央に税関と、敦賀港駅と、ソ連領事館が並び、シベリア鉄道につながる航路の発着をする国際港であったことなどなかったかのように、遮るものもなく海へと向かうまっすぐな遊歩道をつくっていた。

『浮雲』の主人公、幸田ゆき子は、一九四六年(昭和二一)にベトナムから引き揚げ船で舞鶴に着くが、すぐに東京には帰らず、敦賀で汽車を降り、疲れた身体を港近くの旅館で休めた。農林省のタイピストだった彼女は、太平洋戦争中の一九四三年(昭和一八)、縁戚の男との不倫を解消するため、当時の仏領インドシナ(現在のベトナム)への赴任を志願し、フランスのリゾート地だったダラットのパスツール研究所に赴任した。そこで、妻子ある農林研究所の技官、富岡との恋に落ちた。不倫から逃れたのに、再び妻ある男と関わったのだ。

フランスの植民地から日仏共同統治となった日本軍政下のベトナムで、日本人は特権的な地位を得ていた。現地のベトナム人を使役しながら営むヨーロッパ人たちの植民地生活を模倣し、統制経済で逼迫する東京では考えられないような豊かな日々に、彼女は耽溺していく。

二二歳の平凡な娘であるゆき子にとって、それは青春そのものだった。富岡との展望のない恋愛すらも、たった一つの生の輝きなのだ。彼女は戦後の混乱の中で、生活の方途を失い、結局富岡に頼る。だが、彼は戦争を経て、無気力な男となっていた。生活のため、ゆき子は「オンリー」と呼ばれる進駐軍相手の売春婦となり、やがて新興宗教の教祖の愛人になって混乱の戦後を転々と、無為に生きていく。最後、ゆき子は吹き寄せられるように富岡の元へと戻っていき、農林省技官として赴く屋久島に同行して、雨降る島でその短い生を終える。彼女は、植民地の誘惑に敗れた多くの日本人の一人にすぎない。二人が共有するベトナムの美しい思い出とは、西欧植民地主義を模倣した第二次大戦下の、東南アジアにおける日本侵略の産物だ。そこにしか生の実感を重ねられない二人は、まさに愚かしい敗残者である。

しかし、虚無の底にまで達する自己放棄にも似た生き方は、植民地からの収奪によって「幸福」を得た報いであると同時に、戦後復興の神話的物語へのアンチテーゼとなっている。経済の復興が、朝鮮戦争やベトナム戦争というアジアの植民地的状況を背景に進展した事実の前に、どのように日本人の勤勉さや優秀さをあげつらってみたとしても、何の説明にもならない。

実は、『浮雲』で描かれたように、多くのごく平凡な日本人が、生を放棄するような絶望の中で戦後を暮らしたことにこそ、私たちは目を注ぐ必要がある。ゆき子が敦賀の桟橋で遠く見たのは、植民地での甘い記憶だけではない。植民地の悲惨を追体験する予兆でもあったのだ。

12 池田みち子『無縁仏』

黒い雲に封じられた空から、冷たい雨が間断なく降っている。町は寒さに凍りついて、中心街のいろは商店街のアーケードを行きかう人もまばらだ。無機質な鈍色《にびいろ》に染められた東京・山谷《さんや》は、午睡の中にあるかのように深い静けさの中に沈黙する。かつての簡易宿泊所は、外国人向けの安価な宿泊施設に様子を変えて、往時の労働者が行き交う賑わいは、今はない。

高度経済成長期、この町の入り口である泪橋《なみだ》や玉姫公園周辺では早朝、仕事をあっせんする手配師が現れ、多くの労働者を何台ものトラックやバスで現場に送り出していた。一泊一〇〇円や二〇〇円のドヤと呼ばれる簡易宿泊所が軒を連ね、生活用品を商う町の露店は賑わっていた。夜になれば、仕事帰りの労働者を立ち飲み屋や屋台が迎え、その疲れを癒やした。吉野通りでは、買い物かごを提げ、何度も道を往復する女性たちがいた。一九五七年(昭和三二)に売春防止法が施行されてから、売春を目あてに、この町にやってくる男たちを客としていたのだ。

山谷はかつての吉原遊郭に隣接する地域で、明治以降貧困層の居住地域となっていたが、一九四五年、急増する引き揚げ者や戦災孤児らを対象とする「生活困窮者緊急生活援護要綱」によって大規模な仮宿泊施設（テント村）が開設された。「ドヤ街」山谷は、こうして誕生した。

池田みち子は一九一四年（大正三）に京都で生まれた。昭和初期にプロレタリア文学運動に携わり、小説を書き始めた。敗戦後、戦争未亡人や「パンパン」と呼ばれた米兵相手の娼婦など、戦後の女性風俗を旺盛に書いた。当時池田は、女・田村泰次郎と呼ばれ、「肉体文学」の代表的な作家として活躍したが、やがて、東京・山谷の簡易宿泊施設に泊まり込んで、ここに暮らす人々を描くようになった。戦災によって家や肉親を失った女性たちは、性産業や底辺労働に従事して生き抜いていったが、やがて年齢を重ねて職を失い、ついには住処も失って、吹き寄せられるように山谷に集まってきた。池田は彼女らに随伴したのだ。池田はここに腰を据え、『山谷の女たち』（一九六七年）、『無縁仏』（一九七九年）、『生きる』（一九八二年）、『カインとその仲間たち』（一九八三年）など、戦後の山谷の変遷を、生涯かけて描き続けたのである。彼女が対象としたのは、戦争によって路上に放り出された教育も技能もない女性たちの姿であった。

『無縁仏』は短編連作小説集だが、山谷で出会った人々をモデルにしている。その一編「無縁仏」は、山谷の簡易宿泊所で同宿した皺だらけの「婆さん」を追った作品である。彼女は建設現場の雑役などをしながら糊口をしのいでいるが、もともとは玉ノ井で売春をしていたらしく、見るほどには年もとっていないようだ。だが、すぐにカッとなる性格が災いして仕事をしくじることが多い。そんな彼女に何故か惹かれて「私」はその後数年の間、迷惑をかけられながらも付き合っていく。そんな交際も間遠になったころ、「私」はドヤの朝市で、お好み焼きを売る「婆さん」を見る。どうやら、屋台を持った男と一緒になったらしい。「私」はその不味いお好み焼きを食べながら、商売を精一杯に楽しんでいる「婆さん」をあたたかく見つめた。しばらくして山谷の住人から「婆さん」が殺された事件を伝え聞く。食い逃げされそうになったトラブルから客の労働者に殴られ、あっけなく死んでしまったという。「婆さん」を知っているかと問われ、「私」は知らないと答える。「婆さん」を話題に、彼らと話したくなかったからだ。

無縁仏となるまでの「婆さん」の命のありさまを、池田は徹底したリアリズムで問いかける。「肉体文学」と呼ばれる小説を書いてきた池田が、山谷で見出したもう一つの「肉体」。それは痛めつけられ、酷使され、その挙句に廃棄される身体だ。戦争で散々な目に遭い、「驚異の戦後復興」を過酷な労働で下支えした彼ら、彼女らが蒙るこの仕打ちを、池田は一歩も引かずに凝視し続けた。この山谷をめぐる優れた作品は、まるで日本人が、戦争被害者のテント村として出発した山谷を忘れたがっているかのように、読まれなくなった。

第3章　植民地に起こった戦争は——

戦争は植民地主義と密接にかかわってきた。特に近代化の足跡のなかで、いかに「遅れた」非西欧圏が、「進んだ」先進西欧国家から、搾取・略奪されたかについては、歴史が示すとおりである。その支配の欲望こそは、侵略の先兵たる軍隊の拡充を促し、大量殺戮を可能とする兵器の開発や、兵士教育の確立、また統治するための政治、文化、経済機構の開発を、急テンポに推し進めていった。国民国家とは、実に便利なシステムだ。他国を「併合」とか「占領」とかの名目で自国の権益に算入しても、根幹の国家体制を変更する必要はない。他国を自らの基準に従わせることで、むしろ他国の近代化、文明化に寄与したと言い訳できる。国家は偽りの多文化主義や多民族主義を装うが、実のところ自らの国家構造や理念を、強引に他者におしつけて、繁栄を共有したかのように見せかける。

それではなぜ、征服される側は、この圧政を許容するのか。もちろん、軍事力支配に対する恐怖がある。だが、そればかりではない。植民地主義は、長い時間をかけて、徐々に人々を馴化していくのだ。彼らの言葉を奪い、民族の誇りを奪い、伝統を奪っていく過程のなかで、植民地支配は完成していく。本章では、征服する側の言葉、征服される側の言葉、そして、その相克のなかで生み出されていった、せめぎ合う言説の現場からの言葉を集めた。それはやがて抵抗への言葉となり、人間個々の絶対的な自由独立への要求となっていった。

1　藤森節子『少女たちの植民地――関東州の記憶から』

一九世紀中葉、西欧列強の植民地への欲望によって開国した日本は、近代化の名のもとに、同じ野望をアジアの上に注いだ。急進的な西欧化をめざし、「富国強兵」のスローガンのもとに徴兵制を確立し、軍事力を拡充していった。また「学制発布」による義務教育就学は、国民という概念を啓蒙することとなった。こうやって近代植民地戦争は開かれていったのである。日清戦争の結果、一八九五年(明治二八)の下関条約で台湾を割譲させ、一九一〇年(明治四三)の韓国併合によって朝鮮半島を領有、また一九三二年(昭和七)には、傀儡政権による満州国建国で中国東北部を支配した。これらは一九四五年(昭和二〇)まで日本の植民地となったのである。

それだけではない。日露戦争の結果として一九〇五年(明治三八)にロシアの租借地だった遼東半島を獲得、中国東北部への入り口として大連、旅順などの中核都市を手中にしていた。関東州とはその地域を指す。藤森節子『少女たちの植民地――関東州の記憶から』はそこで生まれ、一五年間育った著者の自伝的エッセーである。

日本から入植した節子の父は、朝鮮銀行の行員だった。日本政府は朝鮮の通貨体系を日本に従わせる方針を立て、やがて満州地域の金融政策に大きな力を発揮していく。父は関東州庁の任命により、一九三〇年(昭和五)に金融組合の理事として鉄嶺《てつれい》に赴任し、奉天近くの満州国境の町・普蘭店《ふらんてん》に住居を定めた。節子はここに生まれた。

人格が形成される幼少期から思春期までを植民地で育つという経験はどのようなものであったのだろうか。本書は日常の生活を回想しながら、当時は気づかなかった植民地の重層的な構造を鮮やかに描出していく。普蘭店で日本人小学校に入学した節子は、わずかに在籍する中国人生徒と仲良くなる。街にはさまざまな中国の風物があふれている。だが、その裏側には戦争の激化とともに、痛めつけられる中国人の嘆きが流れていたことに、後に中国文学者となった彼女は気づく。

彼女は「ふるさと、と言葉にすると胸しめつけられるほどになつかしく甘い思いでいっぱいになる」(「あとがき」)と同時に、自分を捉える「苦い思い」に言及する。そして「『懐かしい』だけで書くことはやめよう」と思う。

「懐かしさ」すらも奪われる少女時代を抱えながら、著者は後から後から押し寄せてくる記憶の渦を受け止めていく。それはまさしく自分と国家、自分と民族、自分と文化が対峙する瞬間である。その狭間に悩み翻弄される彼女は、だからこそ自らの記憶に立ち向かう。本書が希有の戦争批判となったのは、そうした記憶へのたゆまぬ挑戦を持続させたからに他ならない。

2　吉田知子『満州は知らない』

〈戦争をしてはならない〉という命題は、しばしば迷走する。〈戦争を抑止するための戦争〉という矛盾した表現が世界に行き渡り、私たちの感覚も麻痺しつつある。だが、戦後七〇年の歳月を重ねても解決されない問題が、戦争によって引き起こされたことを、忘れてはならない。

一九三一年(昭和六)の満州事変の勃発とともに関東軍の発案で始まった満蒙開拓事業は、一九四五年(昭和二〇)までに青少年義勇軍と呼ばれた未成年開拓団まで含めて約三二万の日本人を移民させた。敗戦後、彼らは難民となって苦難に満ちた引き揚げ体験をした。しかし、病気や飢餓で置き去りにされたり、諸事情で中国に留まったりした日本人がいた。彼らは中国人の養子(残留孤児)や配偶者(残留婦人)となって生き延びた。

吉田知子の『満州は知らない』は、その残留邦人問題に取り組んだ作品で、女流文学賞を受賞(一九八四年)した。一九七二年(昭和四七)に日中国交正常化がなされ、一九八一年(昭和五六)以降、肉親捜しに多くの残留邦人が訪日するようになった。彼ら「孤児」の大半は、中国人として育ったために日本語ができず、また敗戦当時幼かったため記憶が曖昧で、肉親の特定が難しいケースも多々あった。マスコミはこぞってこの話題に飛びつき、おおむね日本人は「孤児」に深く同情して、積極的に応援の声を上げた。吉田はその現象を客観的に見据え、ある悲劇を作品に描出した。

主人公の静香は五歳の時に親兄弟をすべて失い、親切な日本人女性に拾われて、満州から引き揚げてきた。叔母の家に引き取られ、わが子同様に養われ、平凡だが幸せに成長した。今は結婚して平穏な生活を営んでいる。だが、自分が満州からの引き揚げ者であることは、ひた隠しにしてきた。世間が残留孤児の話題でもちきりとなっているとき、静香は偶然に見た一人の男性帰国者が、自分の兄ではないかと思うようになる。

矢も盾もたまらず面会に行くが、血縁関係がはっきりしない。静香はぼんやりとした記憶をひもときながら、出自をたどり直す。そこから浮かび上がってきたのは、もしや自分は中国人で、静香と間違われて、日本に連れてこられたのではないかという疑念である。存在の根拠を一瞬にして揺るがすような不安が、静香を苦しめる。自分は一体誰なのだろう。戦争は自分が自分であることの確信すらも曖昧にする恐ろしい怪物となって、静香に襲いかかってきたのだ。

残留邦人の集団訪日調査は一八年間行われ、二一一六人が訪日、六七三人の身元が判明した。その後は当事者たちの高齢化もあって肉親の特定作業は困難を極めている。三二万人のうちの六七三人。この数字は戦争が未だ終わっていないことを証明している。しかし今、この問題に向けられる日本人の目は、かつてのあの温かさを失って、その事実さえ忘れ去られている。

3　張赫宙『岩本志願兵』

一九二〇年(大正九)四月二八日、李氏朝鮮最後の皇太子李垠《りぎん》と皇族・梨本宮守正の第一王女方子《まさこ》の婚儀が、華やかに挙行された。この結婚は日韓併合(一九一〇年)以降の日本植民地政策を、最もわかりやすい形で表した一大ページェントであった。

内地(日本)と朝鮮(外地)の間を、何の差別もなく「一体」であると言いながら、合わせる基準は日本である。やがてこれは厳しい日本語習得教育や、創氏改名という朝鮮民族には耐え難い「日本化」への道となった。

一九三七年七月七日に、日本と中国は全面戦争に入った。中国大陸への出入り口ともなる朝鮮半島に一九三八年、陸軍特別志願兵制度が公布された。「一体」と言いながら、当時朝鮮人男性は徴兵されなかった。これは、被植民地の男たちに、銃などを持たせては何が起こるかわからないという恐れによるものだ。基本的に、彼らを信用などしていなかったのだ。

張赫宙『岩本志願兵』は創氏改名で日本名となった「内地」に住む少年が、志願してソウルの訓練所に入営する物語である。岩本にあって不可解なのは、日本と朝鮮は「一体」であると言いながら、朝鮮人は「皇軍」の兵士になれないことである。危急のときに、日本から不要とされることの屈辱感、差別感が、彼をずっと苦しめてきた。

ある日埼玉の高麗神社に参拝したとき、この一二〇〇年前の高句麗からの帰化人によって建立されたと伝えられる神社に、多くの日本の皇族が参詣した記念の植樹があったのを見て、「何ともいえない感激に打たれ」て、岩本は志願することを決意する。訓練所でその話を聞いた作家の「私」は、岩本にならって高麗神社を訪ねる。そこで「私」が見るのは千年以上前に日本と朝鮮双方が対等に融和した神域の姿であった。「私」は「全部の朝鮮同胞が一日も早く皇民化を完成するように」と、心から祈る。

張赫宙はこの作品によって戦後、朝鮮半島の文壇から親日作家の烙印を押され、日本では戦争協力作家として厳しく糾弾され、作品は〝抹消〟された。しかし、この作品が今の時代にもつ意味は大きい。岩本青年を貫く平等への思い、そしてその裏にあったであろう差別の数々。自らすすんで犠牲になろうとする岩本少年を親日協力、戦争加担者として排除するだけでは問題は解決しない。朝鮮人日本軍兵士、さらには日本軍慰安婦の問題を考えるには、宗主国の価値や規範を人々に気づかれないように巧妙に刷り込んでいく、植民地の支配システムに目を向けなければならない。完全な加害者も完全な被害者も存立し得ないところに潜む、人間の微妙で複雑な情動を知るために、この作品を読む意味はあるのだ。

4　梶山季之『族譜』

「植民地的無意識」という言葉がある。支配する側が自分のもっている基準でしかものを考えず、支配される側の民族の慣習や文化を顧慮しないままに、体制を持続する状態を指すとでも説明できようか。しかし、問題はそれにとどまらない。やがて支配される側もその状態に慣れてしまって、いつの間にか心性を変化させてしまうのだ。

『族譜』はその「植民地的無意識」を糾弾する作品として鮮やかな印象をしるしている。徴用逃れのために、義兄の紹介で朝鮮総督府の事務員となった谷は、一九三六年から朝鮮総督を務める陸軍大将・南次郎の推し進める、朝鮮支配政策に沿った創氏改名の勧誘に歩き回っていた。創氏改名は一九三九年に総督府が発令したもので、もともと男系にて継承される氏族集団が基本となる朝鮮の家族制度を、変更しようとするものである。一九四〇年二月から八月までに苗字を創設して届け出よとするのだが、問題はその創られる氏が日本名に近いものが推奨されたことにある。谷は当初はこれを良い政策だと思っていた。不当に差別される朝鮮人を、日本人と同等の権利を与えるのだと、谷は理解したのだ。まさしく「植民地的無意識」である。穏健で優しい谷は、このような同情心をもって、創氏改名の事業の末端を担った。

だが、谷はその過程でこの政策の虚偽に気づいていく。これは徴兵や徴用、あるいは税金や供出のためのものではないのか。谷の疑問を裏書きするように太平洋戦争が勃発すると、朝鮮にも徴兵制がしかれた。あくまでも自発的な届け出とされていた創氏改名も、さまざまな優遇政策を餌に希望者を募り、ついには強制的な色合いを強めていった。谷は疑問を抱きながらも、自分の身を守るために職務を遂行しようとする。親日家の大地主である薛《へき》鎮英を訪れて、創氏改名を依頼する。しかし、薛は族譜を持ち出して、七〇〇年の薛家の歴史を絶やすわけにはいかないと拒否する。彼が創氏改名しなければ、この地域一帯の小作人たちは従わない。総督府は躍起となっていった。あらゆる手だてを使って薛を追い詰め、ついに創氏改名させた。薛は自殺して果てる。

悪法であっても法は法である。権力はその遂行のために手段を択ばない。創氏改名しなければ日常が奪われるのだ。ちょっとしたことで法的な保護が停止される。まして植民地の不均衡な権力構造は、支配側のあらゆる理不尽を可能とする。梶山はソウルに生まれた植民地生まれの日本人であったが、一民族の根幹をなす血縁の紐帯を断ち切ろうとする野蛮な植民地政策の愚を、自らの体験に照らし合わせて告発した。

5　小田実『「アボジ」を踏む』

戦争責任とはどのような行為をもって果たされるのであろうか。とりわけ敗戦国の場合は、世界から厳しい裁断を要求され、対外的な補償や謝罪を行ってきた。戦争犯罪は洗い出され、裁かれ、当事者に対する刑が執行された。そればかりか日本では戦後すぐに当時の首相・東久邇稔彦《ひがしくになるひこ》による「一億総懺悔」論が出され、国民全体が戦争責任を担うものと決めつけられた。だが、このような戦争責任の認識のあり方が、一方には本当の責任の主体を曖昧にし、戦時下に横行した不当な抑圧を隠蔽したとも言える。その代表的なものが、植民地問題である。

小田実はある在日朝鮮人の六〇年にわたる生涯を追いながら、その打ち続く苦難の根源的な問題を明らかにしようとした。「私」の妻の父である「アボジ」は一七歳の時、済州島から君が代丸に乗って大阪に出稼ぎに来た。島はあまりに貧しくて食べられなかったからだ。これに一言加えれば、植民地経営の要諦は富の簒奪であり、安価な労働力もまた、重要な資源であった。建設労働者、作業員、行商、工員、闇屋など肉体労働を転々としながら、やはり済州島から来て、四国で海女をやっていた「オモニ」と結婚して、やがてゴム靴製造業を始め、兵庫県長田《ながた》に落ち着いた。七人の娘たちを育て上げたが、一人は北朝鮮に行き、残った娘たちも在日朝鮮人、在日韓国人、そして一人は日本人と結婚して日本に帰化している。この一見、普通の家族は、それぞれに国籍や立場を異にしている。

八五歳になった「アボジ」は肺がんになるが、たった一つの希望は「生《な》まで帰る」ことだった。生きて帰りたいのである。済州島では土葬の習俗があり、火葬はいやなのだ。入院して一時帰宅をした日の未明、一九九五年一月一七日に、彼は阪神・淡路大震災に被災する。死傷者が続々と出る状態では、「アボジ」のような患者は病院には入れてくれなかった。避難所の固く冷たい床の上に横たわるしか、彼の選択肢はなかった。最後の最後まで「日本国」から何の恩恵も受けずに死ぬしかないのか。非常事態と理解しながらも、「アボジ」は自らの来し方を憂えるしかなかった。娘と婿たちは相談して、「アボジ」と「オモニ」を済州島に逃がすことにした。期せずして彼は「生ま」で故郷に帰ることがかなった。五日後に彼は逝く。葬儀に集まった家族や親族は、固く彼の墓を踏む。「アボジ」の霊が、彷徨い出ないことを願って。

植民地下での過酷な労働と、民族的差別のなかを懸命に生き、戦後、済州島四・三事件で帰る時機を逸し、また南北の分断によって帰属する故郷をも喪失した「アボジ」が、その最晩年に未曽有の大地震に遭うというのは、歴史の皮肉であろうか。彼の生涯を通じて解決されえなかった植民地の戦後処理問題の根深い闇は、日本、韓国、北朝鮮の三国を覆って、「アボジ」のような人々が被った不幸を解決しないままに、今現在も放置され続けている。

6　中村地平『霧の蕃社』

日清戦争講和の下関条約によって台湾は清朝から日本へ割譲され、日本の植民地経営はここに始まった。公学校は台湾人子弟の日本語習得を目的とする義務教育機関であり、一八九八年に法令公布、一九〇五年に「蕃人」公学校が設立された。「蕃人」とは台湾先住民を指す呼称であり、その居住地や部族を「蕃社」と称した。埔里《ほり》から霧社《むしゃ》にかけての山岳地帯には多くの先住民が生活していたが、その統制と教化のためにまず日本の警察官が入植した。日本人、台湾人、漢人、先住民が共存する植民地経営のモデル地域として、霧社は日本人の視察先ともなっていった。佐藤春夫も、一九二〇年九月にここを訪れ、『霧社』(『改造』一九二五年三月)という作品を書いている。

一九三〇年一〇月二七日、台湾中部の海抜一一〇〇メートルの高地に位置する霧社の公学校で、運動会が開かれていた。娯楽の少ないこの地方で運動会は最大の催しものであった。近隣の日本人も一緒になってこの「蕃人公学校」の校庭に集まり、国旗を掲げ君が代を歌うその時、一五〇人ほどのタイヤル族の集団が武器を携えて男女、大人子どもの別なく日本人に襲いかかり、殺戮した。彼らの風習に従って、絶命の後は首を落とされた。被害者は日本人一三四名、台湾人二名を数えた。先住民による抗日運動として著名な霧社事件は、このように血なまぐさい「野蛮」をもって幕を切った。さしずめ今なら、テロと呼ぶところであろう。

中村地平は佐藤の著作に魅了され、一九三〇年に台北高等学校に入学、一九三九年には、恋人であった作家真杉静枝とともに台湾を取材、『霧の蕃社』を発表した。ここには、霧社事件の原因を明治時代の植民地政策にまでさかのぼって、その経緯を探ろうとする冷静な態度がみられる。事件の首謀者となったマヘボ社の頭目、モーナルーダオが味わう被支配の苦痛に注目して、山間に生きる人々の自由を奪う植民地政策に疑問を投げかける。

大鹿卓の『野蛮人』（一九三五年）、真杉の『蕃女リオン』（一九三九年）など、台湾の先住民に関する小説はこの時期多く書かれたが、大半が先住民族へ、同情の視線を注いでいることに注意を払いたい。二〇一一年には、この霧社事件を描いた台湾映画『セデック・バレ』が公開され、大きな話題を集めたが、その後半第二部で詳しく描かれたように、事件は台湾総督府による過酷を極めた報復で終わった。生き残ったマヘボ社の人々は移住を強いられ、さらには日本側に協力するタウツア社の襲撃を受けた。その人口は、翌年には三分の二にまで減った。

霧社より一段と山深いモーナルーダオの住まい跡には、村落の痕跡は何も残っていない。ただ、小さな祠が祀られているだけだ。そこにたたずむとき、ここで営まれていた彼らの生活を奪ういかなる理由も存在しないことを思い知る。もともと台湾内で差別を受けていた先住民族が、日本の植民地政策の圧政によって、なお多重的な差別に落としこまれた歴史を、どのように考えていけばいいのか。霧社事件は、そのことを私たちに投げかけている。中村が描いた彼らへの「同情」は、同時代にあっては実に貴重な情感である。しかし、それだけでは解決にならなかったこともまた、この作品は伝えているのである。

7　モーナノン『僕らの名前を返せ／燃やせ』

「生蕃《せいばん》」から「山地《さんち》同胞《どうほう》」へと／僕らの名前は／台湾の片隅に置きざりにされてきた／山地から平地へ／僕らの運命は、ああ、僕らの運命は／ただ人類学の調査報告書のなかでだけ／丁重な取りあつかいと同情を受けてきた　（下村作次郎訳）

台湾の先住民族出身である盲目の詩人モーナノンは、自らの民族に課せられた悲痛な運命を『僕らの名前を返せ』という詩にうたった。日本植民地期には「生蕃」という蔑称を与えられ、戦後中華民国時代には「山地同胞」と呼ばれたうえに、植民地期には日本名への、民国時代には漢民族名への改名を強要された歴史が、この短いセンテンスに込められている。人間にとって一番の屈辱は「標本化」されることであろう。まるで動物のように先住民族の身体を「観察」する支配民族の傲慢を、モーナノンは激しく拒否する。

一七世紀のオランダ統合から、鄭成功《ていせいこう》による中国人政権の樹立、清朝の支配、そして日本の植民地化と目まぐるしく変転する台湾で、置き去りにされてしまったのが、先住民族の彼らであった。国家間の戦争はしばしば民族問題を抱え込み、民族の独立を高らかに宣言するのだが、先住民族、少数民族への対応は恐ろしいほどに抑圧的である。民族の自立を促しながらも、一方には多数派を占める民族への服従を少数派に強要する構造は、世界中に見受けられる。多民族国家である中国やロシア、アメリカがとってきた少数民族政策は、言語、文化の同化である。モーナノンは『燃やせ』という詩で、このように詠った。

スペイン人、オランダ人／強力な鉄砲も一緒に上陸してきた。／容赦なく地上の金銀を探し／大量の獣皮を騙しとった。／彼らは逃げまどう野生の動物と一緒に／さらに深い森林に退いた。／しかし、振子は止まることなく／苦しみのなかで歴史は進んでいった。／日本人が来た／弓矢と蛮刀で／強大な軍隊に対抗する／鉄砲と砲車。／祖先の死体が／敵の死体が／山林に満ちた。（下村作次郎訳）

征服という欲望に刻み込まれた歴史の実態を克明にたどりながら、モーナノンは自分たちに少数者という名を与える征服者に鋭利な刃を突きつけるような言葉で、『僕らの名前を返せ』をしめくくる。

もしある日／僕らが自分たちの土地のうえをさまようのをやめたら／どうか真っ先に僕らの名前を返してください

三八年間におよぶ国民党による戒厳令が終結したのは一九八七年であった。その直後に誕生したモーナノンの詩集『うるわしき稲穂』が持つ意味は、国家というもの、国民というもの、そして民族というものを考えていくうえで、重い提言を発信している。

8　バオ・ニン『戦争の悲しみ』

戦争責任を考えるとき、私たちは相反する二つの軸に振り回されてしまう。自らを被害者と考えるか、あるいは加害者として考えるか。兵士として参戦したとしても、それは上からの命令でなされた以上、国家の犠牲者であるという考え方もあるし、無辜の市民として戦争に巻き込まれたとはいえ、その戦争に積極的に反対しなかったのだから、多少の加害責任があるという考え方も成立する。どちらにしても国家が国民と一体化して、戦争を推進するシステムが近代戦争である以上、加害と被害は単純には分けられない。戦争とは、加害と被害がくるくると反転しながら、人間性を蝕んでいく装置なのだ。

ベトナムには、近代戦争のあらゆる形態が集中して放りこまれた。一九世紀半ばにフランスの植民地となり、一九四〇年からの日本軍進駐、一九四六年から五四年までのフランスからの独立を目指す第一次インドシナ戦争、一九六〇年から七五年まで戦われた東西冷戦構造の縮図ともいえるベトナム戦争、そして混沌とする東南アジアの苦悩であるベトナム＝カンボジア戦争、中越戦争。一九八〇年代に至るまで、ベトナムから戦火の消えることはなかった。

バオ・ニンの『戦争の悲しみ』は、人生のほとんどを戦争に捧げたベトナム人の姿を通して、「人間とは何なのか」という存在の根幹である問題を提出した、優れた小説である。アメリカ人が味わったベトナム戦争の後遺症の語りにしか出合ってこなかった世界の読者は、ほとんど初めて知ったベトナム人自身の、極めて内的な自己洞察の深さに驚嘆した。

主人公キエンは、高校を卒業すると同時に北ベトナム軍に入隊した。幼なじみで同級生のフォンは、彼の最も愛する恋人である。サイゴンに赴くキエンと、ある偶然から同行することになったフォンは、途中ベトナム人のあらくれによってレイプされてしまう。二人は引き裂かれ、キエンは激戦地をかけめぐる。敵を殺し、味方を助け、戦地で出会った女性たちと恋をし、無法な同胞を殺した。激戦を潜り抜けて、奇跡的にハノイに生還したキエンは、一一年ぶりにフォンと会う。彼女は芸能界の放埓な男女関係に身を委ねていた。戦争の年月は、かつての二人にはもう戻してくれない。二人が受けた傷は身体にも心にも侵食して、もはや自らの生を耐え難いものとしていた。キエンは、その体験を書き記した膨大な原稿を残して姿を消す。

二人は互いに被害者であり、加害者でもある。彼らは気づかないままに互いを傷つけ、傷つけられる戦争という名の不幸に蝕まれ、人間性の可能性を放棄させられてしまっていたのだ。キエンは「生きること自体が悲劇だった」とつぶやく。悲しみしか、そこには残っていない。

9　ティム・オブライエン『本当の戦争の話をしよう』

ＰＴＳＤ（心的外傷後ストレス障害）という言葉が、日本にも定着してきた。大きな自然災害や戦争の後に人間を襲う強い精神的なショックは、長く日常生活を脅かして苦しめる。このＰＴＳＤへの本格的な治癒の取り組みが始まったのは、ベトナム戦争後のアメリカであった。多数の帰還兵たちが抱えた、深く暗い闇のような心の傷は社会的な問題となって、ベトナム戦後のアメリカを覆った。

ティム・オブライエンも、そうしたアメリカの若者の一人である。この短編集にはごく平凡なアメリカの十代や二十代の青年たちが、不用意に地雷を踏んで死んだり、いとも簡単に敵の若いベトナム兵を殺したり、戦闘で大怪我を負ったりする話が詰め込まれている。だが、オブライエンは、その話はただ単純に戦争で被った被害やストレス、殺人の悔恨やトラウマなどという言葉で一括するのではなく、それぞれに個別で、それぞれに違った意味を考えるべきだと主張する。彼はその一つ一つにもっと耳を、そして心を傾けなくてはならないと言う。

戦争は地獄だ。でもそれは物事の半分も表してはいない。何故なら戦争というものは同時に謎であり恐怖であり冒険であり勇気であり発見であり聖なることであり憐れみであり絶望であり憧れであり愛であるからだ。戦争は汚らしいことであり、戦争は喜びである。戦争はスリリングであり、戦争はうんざりするほど骨の折れることである。戦争は君を大人に変え、戦争は君を死者に変える。（村上春樹訳）

この一節にはオブライエン自身の、ベトナム従軍体験の思いが込められている。言葉などにはならないさまざまな相反する感情が怒濤のように渦巻いて、彼のなかから思い出を引きずり出していく。忌まわしい思い出のなかにある、懐かしい心温まる思い。美しい善意と友情が育まれた戦場は、一方には身を守るための裏切りの場ともなる。人間の豊かで細やかな感情の襞にもぐりこんだオブライエンが記すそれらの物語は、私たちの戦争への単純な忌避感を粉砕して、戦争が引き出していく人間の多様な本性を浮かび上がらせていく。

『ソン・チャボンの恋人』という短編には不思議な話が書かれている。性欲に悩む一人の兵士が、自分の恋人をアメリカから呼び寄せた。彼女は献身的に彼に尽くすが、やがて戦争に自ら身を投じてしまう。銃をとり、戦地を転戦しているうちにジャングルで行方不明になる、このメアリ・アンの物語を読むと、男性は戦闘的で、女性は平和を愛するなどといった根拠なき思い込みは簡単に覆る。戦争が持つこの奇妙な熱狂性は、果てしなく続く心の傷の入り口にどっしり座り、人々を誘い込もうと待ちかまえているのだ。

10　多和田葉子『旅をする裸の眼』

車道にあふれたバイクの大群は、途切れることなく、放射線となって疾駆していく。ホーチミン(旧サイゴン)の街は活気に満ちて、人々は速足で闊歩する。冷戦構造が瓦解し、ベトナムが新たな世界経済に巻き込まれる姿は、言葉を失うほどのとまどいと哀しみに襲われる。

ドイツ・ベルリンに在住する芥川賞作家多和田葉子の小説『旅をする裸の眼』は、西側からの簒奪の不正を根底に据え、西欧社会の矛盾と混迷を明確に描いている。物語はソ連や東欧の共産圏が崩壊する直前から始まる。「鉄のブラウスを着た優等生」である、ホーチミン市の女子高校生「わたし」は、「全国青年大会」に東ドイツから招待され、初めてヨーロッパに渡り、東ベルリンに着いた。

しかし、そこで西から来た観光客であるドイツ人の大学生、ヨルクに拉致されて、西ドイツの町・ボーフムに連れ去られてしまう。彼との生活から逃れて乗った列車は、目指したロシア行きではなく、反対方向のパリ行きだった。パリに着いた「わたし」は、ロシア語しかできず、もちろんフランス語はわからない。ただただ、途方に暮れるばかりだ。同胞のベトナム人やフランス人娼婦・マリーの助けを借りながら、どうにか生きていけるようになった。そんな生活での唯一の楽しみは、女優カトリーヌ・ドヌーブが出演する映画を見ることだった。この作品は一三章に分かれるが、その一つ一つは、ドヌーブが出演した映画のタイトルとなっている。

「わたし」はスクリーンを見つめる。言葉はわからないから、文字通り見つめるだけだ。しかし、「わたし」はドヌーブを見つめ続けることによって、西欧社会が、アジアから簒奪していったものの大きさ、深さ、そして酷薄さに気づいていく。ドヌーブがスクリーン上で誠実に良心的に、そして美しく演じれば演じるほど、その西欧理念の独善性は露呈する。ドヌーブが演じる人物はどこか神経症的な不安があり、エキセントリックな情動に突き動かされているように見える。直接の被害者である「わたし」は、ベトナムを置き去りにして語られることに多少の違和を感じながらも、映画に耽溺していく。そこに語られるのは、アジアの不幸だ。誰からも忘れられてしまった不幸なアジアのことを、言葉もわからないスクリーンを見つめながら、「わたし」は噛みしめるように想い続ける。

本作が描くのは、社会主義下のベトナムの少女が、ヨーロッパに拉致された一〇年に及ぶ物語だ。この作品は日本語で書かれているが、ヨーロッパを舞台にして、主人公はベトナム人の少女である。日本人は「ヘロン」という奇妙な名前の男が、日本人のパスポートを売る画家として少し出てくるだけである。「ベトナム戦争」という言葉すら忘却されようとしている今、この作品は、第二次世界大戦、その後の冷戦構造、それにともなうアジアでの代理戦争、アジア内での紛争や内戦的な民族紛争など、アジアにもたらされた悲劇をたどりながら、それを西欧文化はどのように描き表象していったかを、ドヌーブの映画を手掛かりに、解き明かしていく。かつて、日本は、西側社会の一員としてベトナム戦争の中継地となった。一九七〇年代には、ベトナム反戦運動が大きなうねりとなって社会に影響を持った。

だが、結果として日本はアジアを裏切った。なぜなら、西欧世界を漂流するこのベトナムの少女が見出していく、近代西欧の矛盾に満ちたアジアへの仕打ちを、日本もまた西欧の側に立って加担したからだ。「ヘロン」が日本人からパスポートを盗み、アジア系の不法入国者に売り捌くという設定は、如実に日本が立つ位置を表している。植民地主義から東西冷戦の代理戦争、そして泥沼化したアジア諸国での内戦から、日本は圏外へと逃げた。アジアの混沌を導いていった原因の一つには、かつての日本のアジア支配・大東亜共栄圏の侵略があったにもかかわらず、日本は海の向こうで打ち続く戦火の炎を横目に、経済的発展を遂げたのだ。

作家・多和田葉子が容赦なく問いかけるアジアと西欧、アジアと日本、そして日本と西欧との関係を、私たちはこれからどのように考えていけばいいのだろうか。この小説の最後で、「わたし」は盲目となって、ベルリンの街に登場する。ただ、金髪ですっかりとヨーロッパ人のような風貌になっているから、果たして本当に「わたし」であるかは、わからない。でも彼女はサイゴン出身の純粋のアジア人であると主張する。手紙を読んでもらうために来てもらったプラハからの亡命者、セルマにこう語る。

視力っていうのは裂け目みたいなものなんですよ。その裂け目を通して向こうが見えるんじゃなくて、視力自身が裂け目なんです。だからまさにそこが見えないんです。

彼女が見据えようとした西欧は、その裂け目の象徴だ。いくら考えても、追い続けても、するりと逃げられてしまう。中心を欠いた視力こそは、アジアが見ようとする西欧であり、西欧が見ようとするアジアである。そこからの脱却を可能にするのは、裂け目としての視力を封印して、盲者となって記憶を反芻し、なお真の視力への想像力を羽ばたかせていくことであろう。それこそが「裸の眼」なのである。

第4章　周縁に生きる

「戦争をよむ」ということは、戦争が描かれた小説や詩を読むばかりでなく、戦争がどのような経緯をもって発生し、生成していくかという問題意識に触れることも含まれるであろう。明治維新から三〇年にも満たない時から、日本は戦争に乗り出した。日清、日露から第一次大戦、そして日中戦争から第二次大戦へと、日本は間断なく戦争へと身を投じた。そこには近代資本主義の容赦ない競争が影を落としている。その周縁に追いやられた人々の姿は、文学の中に未だ生きている。

日本の近代文学は、「反近代」を標榜して、発展したのだという見方がある。確かに、明治期から絶え間ない近代の進歩・発展の掛け声を批判して、人間性に立脚した思考を主張する多くの優れた文学が生み出された。本章では、プロレタリア文学からひも解いて、文学はいかに社会矛盾を批判したかを考えてみた。一九二〇年代に隆盛したプロレタリア文学は、実際的な社会変革を目指して国家を批判した。そこには戦争を導き出す最大の要因となる近代資本主義への鋭い追及があった。

戦争が生み出される要因としての貧困格差や、戦争の結果として個人に強いられた不当な運命など、市井の人々が蒙った様々な人生の困難が描かれた作品を、ここに集めた。最初に小林多喜二を、最後にフェデリコ・ガルシーア・ロルカを配したのは、そうやって人々の災禍を描き、その不当性を告発した彼らが、国家によって虐殺されたのを、思い出したかったからだ。文学は虚構であるにもかかわらず、人々の心に、国家も脅えるほどの、かくも手強い抵抗の姿を届けることができるのである。

1　小林多喜二『転形期の人々』

石造りの倉庫が川面に映し出され、幾重にも色を変えて反射する。北海道・小樽運河の遊歩道は、外国の港街にいるような旅情を醸し出す。古い倉庫群は喫茶店などに改装され、散策は飽きない。だが私には、荷を担いで忙しげに運河を行き交う港湾労働者、荷からこぼれ落ちた豆や穀類を箒で拾い集める母子など、かつての光景が浮かんでは消えていた。プロレタリア文学の代表的な作家、小林多喜二が描いた二〇世紀初頭の小樽は、まさしく労働者の街だった。

多喜二は晩年、『安子』（一九三一年）、『転形期の人々』（遺作、一九三三年）と小樽を舞台にした小説を書いている。そこには多喜二の故郷へ対する懐旧が色濃く投影されている。多喜二自身の存在の原点として、小樽は彼を育み、成長させた。『転形期の人々』は一九三一年(昭和六)一〇月から三二年(昭和七)四月にかけて『中央公論』に連載された。多喜二自身は一千枚の長編小説にする抱負を持っていたが序編のみで中断され、一九三三年(昭和八)二月二〇日、特高警察の拷問によって短い生を終えた。物語が完成されることはなかった。

かつて北海道物流の入り口として繁栄した小樽には、その利潤の分け前を得ようと、日本のみならず世界から労働者が流入した。多喜二は、そうした労働者の姿とかたちを、描こうとしていた。そして、理不尽な搾取から立ちあがろうとする労働者の可能性を追求した。

主人公大村龍吉は貧しい小作農だった両親に連れられ、幼少期に秋田から小樽に来た。夜逃げ同様でたどり着いた父は、小さな駄菓子屋を持ち、一家五人は総出で働く。姉はセメント工場で樽を担いで肩に青あざをつけ、妹は毎日、コークス拾いに行った。勉強ができた龍吉は、伯父の援助を受けて商業学校に入る。伯父が持つパン工場で働くが、ある日、彼は、父が見る前で工員からひどい暴力を受ける。

「働くために生まれてきた仏様みたいな人」である父は、無力感に責めさいなまれ、ついに鉄道自殺をして果てた。龍吉は学校を中退し、鉄工所に就職する。住まいも労働者街である手宮地区のアパートに引っ越した。ここに集う労働者たちの多様な労働実態と、学校時代の友人佐々木の周りに展開する新しい思想へのアプローチが、この小説に多重的な視点を与える。そして、小樽の街で高まりゆく労働運動という大正期プロレタリア抵抗運動の諸相が力強く語られていく。代表作『蟹工船』(一九二九年)でも、多喜二は海上という閉じられた空間で展開する非人間的な労働実態を描いた。その暗たんたる結末に抗するかのように、『転形期の人々』には、明るい未来を期待しようとする意思が、力強く息づいている。多喜二は労働者への正当な資本の配分を主張し、それが実現することを信じようとしたのだ。プロレタリア文学は、夢見る未来を追い求める希望でもあった。

多喜二にはこの『転形期の人々』を連載している最中の一九三二年(昭和七)二月、『東京パック』に発表した『級長の願い』という短編がある。「戦争のお金」を学校に持っていけないために、級友からいじめられる小学生の話だ。先生への手紙という体裁で語られる少年の悲痛な叫びが、そこには留められている。

先生。私は戦争のお金を出さなくてもいゝようにならなければ、みんなにいじめられますから、どうしても学校には行けません。お願いします。一日も早く戦争をやめさせて下さい。

一九三一年（昭和六）に勃発した満州事変は、たちまちのうちに日本を「戦時」の緊張へと導いた。学校や市町村に結成された国防団体や愛国団体は、そうした地縁社会に根づいて、子どもたちまでも組織した。貧しくて、その協賛金が出資できない少年の哀切な訴えは、素朴で強力な戦争批判である。プロレタリア文学が描き出す無産者階級の現実は、社会に偏頗に布置された矛盾や不当、そしてなにより戦争へと向かう国家の意思を、大胆に否定していったのだ。

2 佐多稲子『キャラメル工場から』

午後の日差しに照らされた秋葉原の街は、かげろうのように揺れていた。行き交う群衆の多さは相変わらずである。だが、一歩、昭和通りの側を歩いてみると、人影もまばらとなり、神田川にかかる和泉橋から街を望むためにたたずむのは、私ばかりであった。この川沿いは戦前から戦後にかけて、かつての工場街であり、市電が警笛を鳴らしながら行き交った。そこに、甘いにおいを漂わせるキャラメル工場があった。

一九二八年（昭和三）二月の『プロレタリア芸術』に、佐多稲子は子ども時代の労働体験を描いた小説を発表した。中野重治の強い勧めによるものだった。稲子は一九一五年(大正四)、小学校五年生の時に郷里長崎から上京した。生活能力のない若い父が財産を失い、向島小梅町に住む弟を頼って故郷を出奔したのだ。だが、すぐに生活は破たんした。稲子は父の命令で和泉橋のキャラメル工場に幼い「女工」として働きに出された。

『キャラメル工場から』は、主人公ひろ子が朝食もそこそこに暗い中を、工場に出かけるところから始まる。午前七時の門限に遅れないようにと、一〇歳の少女は緊張しきっていた。もし、遅れれば工場に入れてもらえず、市電代が無駄になってしまう。電車賃をかけて行ったのでは、間尺にあわない給金なのだ。

ひろ子の仕事は、キャラメルを一つずつ紙に包むことだ。子どもの小さな手が良いとされるこの作業に、彼女は一向になじめず、たくさん包めない。学校に行きたいという願いだけを励みに、この苦痛を耐えてきたのだが、日給制から出来高制に変わったことで慣れてきた工場をやめさせられ、盛り場のそば屋に住み込みの奉公に出された。そこに郷里の小学校の先生から、小学校だけは卒業しなさいと書かれた手紙がくる。ひろ子はそれを読み返すために、唯一プライベートが守れる便所に入った。そして小説はこう結ばれる。「暗くてはっきり読めなかった。暗い便所の中で用をたさず、しゃがみ腰になって彼女は泣いた」。

稲子が描いた働く子どもたちに背負わされた貧困と教育の問題は、そのまま現代に継承されている。一〇〇年たっても解決されない問題なのだ。学歴が、経済的格差を生み出す現実に突き当たるたびに、私はひろ子の涙を思いだす。キャラメル工場では、毎日劣等者の名前が張り出される。どうにかしてそこから脱したいと子どもたちは「その小さなからだを根限り痛めつけた」という個所には、子どもたちの向上心を巧妙に操作して、その労働力を搾取する資本の残酷が露呈している。そして、その残酷は戦争を生み出していくきっかけである。

労働と資本のバランス・シートは等価には開かれていない。資本は強欲に安価な労働を追い求め、生産性の低い労働は無残に切り捨てていく。巧妙に仕組まれた競争原理は、労働の荷重な身体的負担を受け入れてでも、自己の達成欲を満たそうとする子どもたちの「勤勉」によって支えられていく。

一九二〇年代のプロレタリア文学隆盛期が、日本の帝国主義的拡張期と軌を一にしたのは偶然ではない。第一次大戦から第二次大戦に向かう、いわゆる戦間期に勃興した社会主義は、こうした社会矛盾を告発していく装置であった。だが、熾烈な資本主義競争の結果、結局は世界を覆う大規模な戦争へと突入してしまったのだ。プロレタリア文学が見出した、不均衡な社会への告発に耳を傾けるわずかな暇《いとま》があれば。それは現在でも通用する悲願でもある。

3　徳田秋声『勲章』

巨大な鳥居の奥は思いのほかに深い。参道に子どもたちの遊ぶ声とヒグラシの鳴き声が唱和して、夏の午後はおだやかに過ぎていく。靖国神社は一八六九年(明治二)、幕末の倒幕戦争で戦死した人たちを祀る東京招魂社として発足した。九段の小高い土地に開かれた社は時代とともに成長した。境内には、戦争博物館の遊就館や、軍事資料図書館の靖国偕行文庫、坂下へと進むと、無名兵士を合祀する千鳥ケ淵戦没者墓苑があり、日本の戦争の記憶を留める「聖域」となっている。

人々が靖国神社にかける思いは様々であろう。だが、戦争の中を実際に生きた人々が想う「招魂社」の姿を描きだした小説がある。私は鳥居前に立つたびに、その小さな短編小説をいつも思い出す。徳田秋声が晩年に書いた『勲章』(一九三五年)は、きわめて印象的な、靖国をめぐる物語である。

かな子は東京下町にあるソックス工場に勤めていたが、同僚の若い女性が機械に髪を巻き込まれる事故を目撃して、恐くなって工場をやめる。家事を手伝ったり、銀座の食堂のレジ係になったりしたが、親の勧めるままに時計機械工場に勤める惣一と結婚する。義父母、義妹らと一緒に生活するが、舅の惣吉がかな子に言い寄った事件を機に、夫婦だけで外に所帯を持った。だが、「満州」(中国東北部)の戦争から帰って以来、惣一はギャンブルに手を出すようになり家計がまかなえず、かな子は靴足袋(ソックス)のかがりの内職で、どうにか家計をしのいできた。そんな年の暮れに、惣一は帰ってこなくなる。四〇〇円からの借金がかさみ、どうにもこうにもいかなくなったらしい。かな子は気が気でない。

かな子は、ふと近隣を見回した。みな、それぞれの苦を背負って生きていることに、彼女は気づく。鉄くず拾いの「朝鮮人」と日本人の女房、肺病で寝込む二人の子を抱えた元交通巡査、一〇〇〇円の慰労金を使い果たした石油会社の元清掃員……。「今迄は気もつかなかった界隈の悲喜劇が、何か皮肉な人間の運命ででもあるかのようで、生きているのが物憂いことに思われた」と、秋声は彼女に語らせる。

惣吉に借金を肩代わりしてもらった惣一のもとに、勲八等と従軍章が戦功により下付されるとの通知がくる。有頂天になった惣一は、祝いの振る舞いに、かな子の貯金を使い果たす。別れようと思いながらも、生活の方途のない彼女は暗たんとするばかりだった。

軍服に勲章を提げた惣一とよそ行きを着たかな子が、「招魂社」を背景に写した写真が、かな子の姉のもとに届けられるところで、この小説は終わる。戦争で壊れてしまった夫と、不幸な生活で人生が物憂くなった妻が、盛装して靖国神社で写真を撮るという終結は、まさしく秋声が伝えようとする「皮肉な人間の運命」そのものだ。

国家は戦争の犠牲の代償に、栄誉を下げ渡す。死んでしまえば、そんな栄誉は何の意味もないのだが、残された家族にとって、それはせめてものよすがとなって、死者を悼む印となる。だが、生きて帰っても、惣一のように戦争は人々に傷を与えずにはおかない。それを癒やすのに勲章は何の役にも立たない。惣一もまた、靖国の「英霊」たちと同様に、何かを失って、その実体の少しもない勲章という「栄誉」を得たのだ。この「取り引き」は、釣合いの取れない余りに損な交換だ。自分の身体や精神は、決して「取り引き」されてはならないのだ。

4　松本清張『遠い接近』

第一次大戦で世界が学んだのは、国家が総力を挙げて軍事力を増大し、国民すべてを戦争に協力させる体制を確立しなければ、国家の存立は危うくなるという「事実」であった。愛国心を国家が率先して鼓舞し、民族や人種、文化の違いを要因とする「敵」を設定して、憎悪の反復を作り出すという「戦争への道」は、こうして準備されていった。

一九三八年(昭和一三)、前年の日中戦争の開始に伴い、近衛文麿内閣は国家総動員法を施行、その方針に沿って翌一九三九年(昭和一四)に国民徴用令が発布された。国民全員は「天皇の赤子」となって戦争に協力せよ、という国家の意思が国民に伝えられたのである。市町村単位に戦時協力の行動は管轄され、監視された。太平洋戦争による戦局の拡大に伴って兵士は絶対的に不足し、除隊した予備役や、国民兵役上限の四〇歳前後の者、乙種以下の戦争に不適当とされた国民にも、召集令状がやってくるようになった。

東京・神田で印刷画工をする三二歳の山尾信治は腕の良い職人であった。妻と三人の子、父母との生活を支えて、朝から夜まで働きづめであった。その山尾に、突然召集令状が届けられる。三カ月の教育召集とはいえ、肺浸潤で第二乙種だった山尾には青天の霹靂であった。だが、行かないわけにはいかない。徴兵忌避は重罪であった。山尾は入営し、そこで上等兵からのすさまじい暴力にさらされ、その上、除隊の日にそのまま本召集となり、京城(ソウル)に送られてしまった。敗戦となり帰国してみると、家族は全員、疎開した広島で被爆して全滅していた。

彼をこのような境遇へと追い込んだ召集令状は、一体どのように自分のところにもたらされたのかを、山尾は調べていく。戦時、現役兵だけで賄いきれないとき、連隊地区司令部は動員計画によって国民兵や予備役から召集兵を抽出して、召集令状を作成する。警察金庫に保管された令状は、動員令が下されると同時に、市町村自治体の兵事係の手によって、本人のところに直接届けられる。だが、実はこの兵事係が綿密に記録した人々の戦時協力の査定成績が、そこに反映されて兵士のピックアップが行われていたことを山尾は知る。戦争中、地域の軍事教練に仕事の忙しさで参加しなかった山尾が、兵事係長から目をつけられ、そのささいな心象から軍隊に召集されたのだ。山尾は彼らへの復讐を誓い、完全犯罪を企てる。

松本清張が描くこの陰惨な物語の背景には、官僚的な懲罰システムや、現場の個人の悪意があった。誰しもが天皇の命令と思い込んでいた召集令状が、実はかような恣意的な決定であったことは、驚くにはあたらない。何故なら、人間はいつだって自らの人間性を堅く封じ込めない限り、戦争の目的を合理的に遂行して、実行などできないからだ。

5　児玉隆也『一銭五厘たちの横丁』

緑青《ろくしょう》に彩られた唐破風の屋根は夏の日差しを遮って、暗い陰りを乾いた路上に投げかけていた。高さ四一メートルの三重の塔には、関東大震災と東京大空襲で亡くなった身元不明の遺骨が納められている。この威圧感に満ちた不思議な建物は、「東京都慰霊堂」と言い、建築家の伊東忠太によって設計されたものである。

慰霊堂は、関東大震災で未曽有の死者を出した旧陸軍被服廠跡(のちの都立横網町公園)に、一九三〇年(昭和五)に建てられた。やがて一九四五年(昭和二〇)三月一〇日の、東京大空襲で被災した下町の人びとも合祀する、鎮魂の場へと「成長」した。田中角栄政権を倒すきっかけを作り、三八歳で亡くなった反骨のジャーナリスト児玉隆也の初単行本『一銭五厘たちの横丁』は、この死者の記憶を深く湛えた、下町をめぐる話である。児玉は一九七三年(昭和四八)から一年をかけて、東京下町の旧下谷界隈、現在の台東区周辺を歩き回った。戦時下だった一九四三年(昭和一八)、この地の在郷軍人会は、戦地の兵士たちに留守家族の写真を送る事業に着手した。アマチュアカメラマン五〇人余りが、下町一帯を訪問して写真を撮影した。戦地で写真を受け取った兵士たちの喜びは、いかばかりであったろうか。

そのネガが、大空襲で焼け残った質屋の蔵から三十数年ぶりに発見された。そこには九九の家族の肖像が記録されていた。それは、下谷に生まれ、優れた東京下町の写真を撮り続けた桑原甲子雄の手によるものである。児玉は、被写体となった本人たちに、この写真を返そうと決意する。それは「一銭五厘」の召集令状でかり出され、運命を引き裂かれた人たちの声を復元する作業でもあった。しかし、半分は本人に戻らなかった。町自体が消失していたからだ。その事実に、児玉は打ちのめされる。震災と空襲という災禍で東京の下町は、町の姿さえ変えてしまっていたのだ。子どもたちが遊び、住人があいさつを交わした路地は業火に焼き尽くされ、そこに生きた人びとは、それでも日々のなりわいに精を出し、懸命に「非常時」を生きた。写真の中の人びとは、幾分の緊張をしながらもやさしくほほ笑んで、恥ずかしそうに顔をレンズに向けている。

この写真の哀しさは何だろうか。年寄りや女性や子どもたちしか写っていないからか。孫娘の手を引いて所在なげに立ち尽くす老人、幼子を抱いた母親のわきに真一文字に口を結び、弟を抱いて立つ少年、仕立屋の作業場で静かにつつましく裁縫をする四人の女性たち……。

「氏名不詳留守家族」と題されたノートを抱えた児玉は、「神隠し」にあったように消えた人びとを探し回った。それは写真に顕われている一人一人の生の証しを、記録・記憶にとどめようとする作業であった。慰霊堂に封じ込めるのとは、逆の方法を児玉はとったのだ。

ようやく出会った数少ない「留守家族」が語る戦後は、戦争や災害の記憶をどうやって克服したかという闘いそのものであった。忘れられないことを忘れようと努める矛盾の中で、死者はますます強くその存在を主張する。残された者たちの憂いは深く重い。

6　北杜夫『輝ける碧き空の下で』

一九〇八年六月一八日、第一回ブラジル集団移民船笠戸丸は神戸出航後五〇日を経て、サントス港に到着した。約八〇〇名の日本人が上陸、サンパウロの移民収容所に移され、その後皇国植民会社が斡旋する契約地に向けて、ブラジル各地に散っていった。そのほとんどはコーヒー農園など、農業労働従事が主たる仕事であった。

文庫本四冊、一五〇〇ページを数えるこの長編作品は、初期移民の苦闘を描く第一部と、第二次世界大戦に至る昭和期を舞台とする第二部で構成される。ブラジルは日本の二三倍近くの国土を有するが、一八八八年の奴隷制廃止以降、深刻な労働力不足に悩まされた。ヨーロッパなどから積極的に移民受け入れを行うものの、過酷な労働条件のために労働者は容易に定着しなかった。ブラジルは一八九二年に国交のなかった日本へ移民誘致を呼びかけ、その後条約を締結して移民事業が開始された。やがて日本人自身が植民地(コロニア)という共同農場を経営したり、農業労働をやめて都市部で商業などを行う人たちが出てきたりして、生活は安定していった。サンパウロはその日系社会の最大の都市である。

北は第二部で昭和期の日本人街ガルボン・ブエノ界隈を舞台に、戦争に翻弄された日系社会を描いた。一九三〇年から政権を担う大統領ヴァルガスの移民同化政策によって、日本語学校は廃止され、やがて第二次世界大戦時には、アメリカと協調路線をとった政府によって枢軸国に対する弾圧が強まった。日本語使用は禁止され、また居住地の追い立てなどによって、日系社会は危機に瀕した。日系人の願いは日本軍の勝利であった。

戦後、日系社会は勝ち組と負け組に分断され、熾烈な闘争を展開、ついには日本の敗戦を認めない勝ち組による、戦争は負けたと事実認定する負け組(認識派)への攻撃が起こり、殺人事件にまで発展した。日系社会の不安を背景に、帰国を餌にする詐欺事件が横行した。

このブラジル日系社会の敗戦への対応を、「狂気」として嘲笑する言説が当時から現在に至るまで継続しているが、北はまったくその視点をとらない。主人公のひとりである初期移民の佐久間四郎は、特務機関を名乗る男の言葉に騙され、日本の軍艦が迎えに来るという話を信じて、全財産を手放してサントスの港で船を待つ場面で、この小説は結ばれる。散々の苦労を積み重ねた四郎が、最後に日本の援助がわが身に至ると考えるところに、北は鋭く移民政策の過酷な実質を批判した。

せめて、最後くらいは日本が助けてくれても、と考える四郎の思いを誰が笑うことができよう。四郎はそのためにも、日本は勝ったのだと信じた。四郎にとって戦争とは、自分の歩んだ人生の価値が正しかったと証明するものでもあったのだ。

7 カズオ・イシグロ『遠い山なみの光』

日系英国人でブッカー賞受賞作家のカズオ・イシグロが、一九八二年に発表した『遠い山なみの光』は、ロンドン近郊の田園地帯で、長崎原爆の記憶を反芻する日本人・悦子の物語である。日本人の前夫との間に生まれた長女・景子が突然に縊死を遂げた。母親の悦子はその突然の不可解な死を前にして、自らにその責任と理由を問う。再婚した英国人の亡夫との間に生まれた末娘ニキとの語らいから、悦子は戦後長崎郊外の町で暮らしていたころを思い出す。

原爆で家族を失った悦子は、教育者の緒方氏に救われ、彼の息子と結婚した。原爆後の戦後復興計画で建設されたアパートで夫婦の生活を持つころには、世情も落ち着いてきた。朝鮮戦争が始まったころの話だ。妊娠した悦子は、アパートの向こう側に見える粗末な家が気にかかっていた。やがて、その家に住む佐知子親子と知り合う。佐知子は戦後の生活難の中、逼迫して長崎の親せきを頼って、こちらに移ってきたものの、彼らと折り合いが悪くなり、その家へ流れ着いたのだ。戦前の豊かな生活が忘れられない佐知子は、娘・万里子に対して、どこか邪険な感じがする。悦子は可哀そうになって、万里子を可愛がるが、万里子は少しも悦子になつかずに、おびえるようなそぶりを見せる。

この一夏の佐知子親子との交流を骨子に、緒方氏、彼の息子である前夫との戦後長崎での生活と、何十年か後の英国で暮らす悦子の煩悶が、この物語の主要な筋立てである。日常の細部が淡々と描かれるだけで、原爆の実際の場面が一切描かれていないにもかかわらず、この小説は息をのむほど恐ろしく哀しい。悦子の英国での安逸な生活は、実は原爆を生みだした圧倒的な科学力によって保障されているのではないか。悦子自身は明確にそのように言語化するような資質も能力も持ち合わせていないにもかかわらず、少しも気づかないままに、結果的に自らを責め続ける。景子の死とともに、突然に悦子を襲った長崎原爆の幻影は、悦子の日常を破壊していく。

英国で原爆を追憶するということは、悦子が振り棄ててきた日本を嫌でも思い起こさせる。父親から引き離して、英国に連れてきた景子の自死に出合い、悦子は自分の行動そのものから派生した、自分をめぐる人々との距離を、自責をもって思い返すのだ。あの長崎で出会った佐知子と万里子親子とのわずかな交流が、なぜこのように思い返されるのか。ニキに問われるままに溢れ出た彼女らとのわずか数週間の思い出は、いま悦子を懐かしくも、苦い悔恨のようなものとともに捉えて離さない。そして残された娘ニキとも決して十分の親しさをもてない自分の絶対的な孤独に、気づかされていくのだ。

イシグロは五歳で日本を離れ、ほとんど日本語を忘れ、また日本の情景についても記憶をもっていない。日本の情報は、もっぱら映画などで摂取した。特に気に入っているのは、小津安二郎だ。小津が描いた静謐な工芸品のような日本の姿が、イシグロの作品には反映している。しかし、モノクロ画像のように端正な情景で描かれる原爆の記憶は、静かだからゆえに、一層激しい衝撃を読者に投げつける。おだやかな英国の田園で繰り広げられる悦子の記憶の再認は、辛いほどに鮮明だ。やがてアメリカ人と知り合った佐知子は、アメリカに行くことを期待して、彼と関係を持つ。神戸に呼び寄せられた佐知子は、引っ越しの荷造りをするが、万里子が拾ってきた数匹の子猫まで連れていけないと、子猫を入れた野菜箱を川につけて殺す。万里子は流されていく箱を追っていった。

景子の死は、この子猫殺しの情景と重なり合っている。そして、佐知子と自分も重なり合う。万里子に邪険な佐知子は、万里子がいやがるのに、アメリカ行きを願望する。そしていま、悦子は英国人と再婚して、英国で景子を失った。時代を錯綜して結ぶ、何重もの奇妙な符合が、荒涼たる原爆被災の跡から生まれ出たことに、私はたじろぐ。そして、イシグロが語りかける課題の重さに、茫然と佇むばかりなのである。

8　安本末子『にあんちゃん』

最盛期には一三〇〇人もの炭鉱労働者を抱え、四〇〇〇人の人口を誇った佐賀県の杵島炭鉱大鶴鉱業所は、『にあんちゃん』の舞台となった場所である。現在、作品の手がかりを示すものは、野草に覆われた坑道口と、最後の炭鉱住宅が撤去された空き地だけとなってしまった。「唐津市肥前町入野」と改称された地域のボタ山（捨石の集積場）は、樹木に覆われた美しい山々に姿を変え、輝く海はきらきらと日の光を反映して、夢のような理想の田園がどこまでも広がっていた。安本末子がいた証左は、二〇〇一年に、入野小学校大鶴分校の同級生が中心となって、旧学校脇に建立した「にあんちゃんの里」の記念碑しかない。

一九五八年（昭和三三）に出版された『にあんちゃん』は、九州の炭鉱で臨時雇いをする二〇歳の安本東石を頭に、良子、高一、末子の四人兄妹が、昭和二十年代後半から始まったエネルギー政策の変換によって、徐々に衰退する石炭産業の労働不安の中、極貧と闘う姿が描かれている。この本は、一九五三年(昭和二八)から一九五四年(昭和二九)までの間、当時一〇歳の末子の日記を中心に、東石の前書きや高一の日記を添え、両親を失った在日一家が離散家族となる過程が記録されている。

日給雇いの炭鉱労働者として働く長兄を末子は「かわいそうです」と記す。そして過酷な労働の中に死んでいった父を、「なおかわいそうです」と書いた。二人について、「うんがなかった」と結論する、この一〇歳の少女の人生に対する醒めた観察眼は、巧まずして社会格差の矛盾を暴き、在日外国人に対する、差別的な処遇をあぶり出した。

在日ゆえに日雇い労働しかできないにもかかわらず、日雇いだから解雇されてしまうことに怒りではなく、「かわいそう」と表現する末子の感受性に、読者は打たれる。成績優秀な兄、高一を誇りとして、自らも努力を重ねる末子の正しく生きようとするけなげさに、誰しもが感動をもって、この小学生の日記に飛びついた。『にあんちゃん』は、ベストセラーとなった。

一九五九年(昭和三四)には、今村昌平監督によって映画化され大ヒット、芸術祭賞を受賞した。今村の出世作に位置づけられる。貧しさの記憶が共有された時代だからこその熱狂的な受け入れられ方は、まるで在日差別などどこにもなかったような勢いだ。だが、この時期に北朝鮮帰還運動は推進され、この年の一二月一〇日第一次帰国団が品川駅から旅立った。離散するしかなかったこの在日の兄弟は、そうした動きに背を向けて、日本での活路を模索する。高一の日記に書かれ、後に削除された「ぼくも朝鮮人の父母からうまれたのではあるが、朝鮮人は大きらいだ」という一節は、日本で生きていこうとする在日家族の複雑な立場を描き、胸を打つ。父母の民族をも否定しなければ評価されないという矛盾を、小学六年生の高一は理解できない。この家族が正直でまじめに生きていこうとすればするほど、日本は彼らに日本人として生きていくことを強要する。

在日であるから臨時雇いであり、すぐに首を切られ、炭鉱住宅から追い出されても、末子は怒ることなく立派に生きていこうと懸命にがんばる。「立派」とは日本人の価値に沿わせることである。やがて末子は早稲田大学へ進学し、遅れたが高一も慶応大学に入学した。極貧の中から身を起こし、日本人を凌駕する刻苦勉励によって、日本社会のステータスを得たこの兄妹の物語は、在日家族の一種の成功譚として語り継がれることとなった。彼らの成功を「ああ、良かった」と喜びながら、それでもなお、何かが私の胸に残滓のように淀んでいる。末子が父や兄を「かわいそう」と想う心を裏切り続けた日本国の在日処遇の非情さは、いくら末子や高一が貧困から抜け出たとしても、今でも変わりなく、法のうえでも、社会的にも、文化的にも、存続しているからである。

9　東峰夫『オキナワの少年』

沖縄コザの繁華街・ゲート通りは、極東最大規模の滑走路を誇る米空軍嘉手納基地の第二ゲートにまっすぐにつながっている。通り沿いのジーンズショップや飲食店、質屋のとりどりの言葉で書かれた看板に、気持ちのいい風が吹き渡っていく。県道３３０号線との交差点は、コザ十字路と呼ばれる繁華街で、沖縄市の再開発事業として、二〇〇七年にはライブハウスやファストフード店などが入った複合施設「コザ・ミュージックタウン」が開設された。基地経済に頼らない独自の復興策を目指したのだ。しかし二〇〇八年二月には、ここで中年の米兵に声をかけられた少女が、暴行される事件が起きた。一九九五年の米兵少女暴行事件と同様に、未成年の少女たちに対する米兵によるレイプ事件は、沖縄の基地問題が単純な政治問題などではなく、沖縄に暮らす人々の日常に密着した、極めて身近な問題であることを証明している。アメリカと日本の共生のルールがしかれるべき沖縄にあって、打ち続く沖縄住民への不当な米軍の「軽視」は、何によって裏打ちされているのだろうか。

東峰夫の『オキナワの少年』は、日米の不均衡な情景の根源を描く小説だ。戦前にサイパンに出稼ぎに行き、引き揚げてきた家族は「白人街」と呼ばれるコザのゲート通りで、米兵相手の簡易買売春を行う飲み屋を始めた。主人公である小学生のつねよしの部屋も、商売が立て込めばたたき起こされて、売春に使われる。彼はそれがいやでたまらない。大好きなチーコ姉や店で働く女性たちをしばる借金、父のまたいとこのタクシー運転手が酔った海兵隊員の客に暴れられたあげく車を電柱にぶつけた事件、飲み水のかめに客の米兵が小便をしてしまい、眠い中を母に水くみを命じられたこと……。つねよしの疑問は積み重なるばかりだ。何故、みんなはこんなに不幸なのだ。そのたびに、つねよしや彼の家族は困惑し、怒り、それでも忍耐するしかない。沖縄を生きるということは、限りなくこの忍耐と屈辱を強いられるということでもある。「ロビンソン・クルーソー」のように誰もいない無人島へ行ってしまおうと、つねよしは、船出するため浜に向かった。

復帰を控えた一九七一年(昭和四六)に、この小説は発表された。それは、一九七〇年(昭和四五)一二月、米兵の交通事故に端を発するコザ事件直後に書かれたとも、言い換えられる。一二月二〇日の深夜一時頃、沖縄県民の軍雇用員が県道330号を横切ろうとしたとき、酒気帯び運転の米兵にはねられた。数百人の群衆が運転者を取り囲み、抗議の声を挙げた。米軍関係の犯罪は日本側に司法権がなく、いつもうやむやにされてしまう。人々の潜在的な怒りは限界に達していた。これを警官隊と米軍MPが阻止、発砲したために、群衆は次々と米軍車両に火をつけ、ゲート通りは火の海と化した。

コザ事件は「コザ暴動」とも呼称されるが、これは暴動なのであろうか？ 偶発的な騒動なのであろうか？ だが、不思議なことがある。暴動事件につきものの、民家や商店からの略奪行為が一切なかったのだ。人々はひたすらに米軍の関係車両を焼いた。朝七時ごろに、混乱は終息した。きわめて自然に。一挙に噴出した沖縄の人々の怒り、悲しみは、『オキナワの少年』を読むことによって理解される。『オキナワの少年』は復帰に向けられた文学ではなく、コザ事件に至る沖縄の苦難を描いた作品なのである。芥川賞受賞時の選評で「素直」「しゃれた新鮮な感じ」などと、選考委員は勝手な印象を語ったが、このズレこそが、当時、沖縄が置かれていた状況を映し出している。

南からの集団就職を描く傑作『ちゅらかあぎ』(一九七六年)で、東が描いたヤマトーンチュー(本土人)との違和感は、ウチナーンチュー(琉球人)が、アメリカのみならず、日本からも二重に差別され続けてきたことを暴いた。一九八〇年代から二〇年余り、東は完全に文壇を離れ、食べる分だけの労働をして、読書にあけくれた。彼の孤独な抵抗は、コザから吹く風に守られて、揺らぐことはなかった。

10　永山則夫『無知の涙』

一九五四年（昭和二九）四月、上野駅18番ホームに青森駅から、初の集団就職列車が到着した。若年労働力を確保するため、産官民が連携して実行した集団就職制度は、中学や高校を卒業した少年や少女たちを、農村から都市部へと効率的に運んでいった。18番ホームは現在、ＪＲ東日本による「駅ナカ」施設の拡充事業によって、日本初の駅内に設置されたフィットネスセンターに模様替えされ、多くの集団就職者が、期待と不安でおずおずと踏んだホームの面影は、どこにもない。

北海道に生まれた永山則夫が書いた手記『無知の涙』には、「金の卵たる中卒者諸君に捧ぐ」という副題が付されている。「金の卵」とは、戦後の経済成長のなかで進学率が上昇し、若年労働者の確保が難しくなったときにつけられた、おためごかしな呼び名である。だが、大衆消費社会にすでに突入した東京に上京した彼らを苦しめるのは、労働の辛さももちろんあったが、それよりもまるで彼らの存在など気づきもしないかのような、都市の冷酷さである。

「金の卵」となって一九六五年（昭和四〇）、青森駅から集団就職列車に乗った永山もまた、繁華街を楽しそうに闊歩する若者や、階級闘争を口々に叫ぶ大学生のデモ隊、華やかな都会の少女たちに、いちいち気後れした。貧困ゆえに進学もできず、集団就職列車に乗り、底辺労働を渡り歩くほかなかった永山の屈折を、都会は少しの関心も向けなかった。一九六八年(昭和四三)に日本の国民総生産は世界第二位となり、一九七四年(昭和四九)には高校進学率が九〇パーセントを超え、翌年、集団就職列車は廃止となった。

転々と肉体労働の現場を移動するうちに職を失い、生活に困った一九歳の永山は、押し入った米兵宅で偶然に拳銃を入手する。その力を誇示するかのように、わずか一カ月たらずの間にタクシー運転手やガードマンなど、行きずりの罪なき被害者、四人を殺害した。

連続射殺魔となった永山は、学園闘争で騒然とする一九六九年(昭和四四)に逮捕される。収監された永山は憑かれたように学習し、膨大なノートを書き綴った。一九七一年(昭和四六)に発表した『無知の涙』は、詩、散文、勉強ノート、感想などが混在する、その獄中ノートである。自らが犯した殺人の理由を自己の「無知」、およびその「無知」のままに置いた社会だと断ずる永山に、世間は困惑し、たじろぎ、反発した。

しかし、「二十年間の中で、六カ月間も三食満足に腹の綿に詰めたのは皆無だった」という一節は、彼が置かれてきた環境の過酷さが明瞭に示されている。学歴社会から疎外された永山が、初めて餓えることなく学問に取り組むことができたのが、拘置所であるという転倒は、戦後経済の発展にしか重点を置かなかった日本のアイロニーな陰画である。戦争によって人格を喪失した父の家庭放棄に始まる永山の貧困と差別という不幸は、犯罪によってしか救われなかった。日本の戦後神話が切り捨ててしまった負の磁場となった永山から発せられる慟哭は、激しい異議申し立てとなって、『無知の涙』に集約された。

永山を死刑（一九九七年八月一日執行）へと導く道程は、集団就職列車から始まった。後に永山は自伝的小説『なぜか、海』（一九八九年）に、集団就職の情景を詳細に書き込むが、一五歳の主人公Nに襲いかかる数々の生きることの困難こそは、日本社会が根源的に抱え込む格差という矛盾を読者に思い出させる装置である。決して果たされることはなかったが、戦後処理問題の一つに、この重層的に構築される格差の解消が、もし少しでも考えられていたら、永山の人生はまったく別のものとなっていたと、私は断言する。

11　フェデリコ・ガルシーア・ロルカ『ジプシー歌集』

詩人が詩を書くことによって、小説家が小説を書くことによって、罪を問われることほど、愚かしくも不幸なものはないだろう。しかし、世界中に検閲制度ははびこり、戦時中にあっては死刑に処することもはばからない歴史を、私たちはよく知っている。一九三六年にスペインで内戦が始まるやいなや、詩人ガルシーア・ロルカはフランコ反乱軍に捕えられ、銃殺された。反ファシズム抵抗運動の罪であったが、裁判にもかけられずに即座に処刑された。国民的な人気を博すロルカの詩への本能的な怖れが、フランコ側にはあった。ロルカ作品はフランコが死ぬ一九七五年までスペインでは禁書扱いであった。

緑色わたしの好きな緑色。／緑の風、緑の枝よ。／海の上には船。／山の中には馬。／腰には影をおき、／娘は欄干で夢を見る。／緑の肉体、緑の髪、／冷たい銀色の眼、／緑色わたしの好きな緑色。／ジプシーの月の下で／物みな娘を見つめているが、／娘にはそれらを見ることができない。（『夢遊病者のロマンセ』から、会田由訳）

ロルカは生地アンダルシアを愛した。スペインの代表的な文化の一つであるフラメンコ発祥の地である。一五世紀にインドからユーラシア大陸を移動しながら、スペインにたどり着いたジプシーをロマともいう。ロマの文化はアンダルシアの伝承舞踊音楽と結びついてフラメンコを生んだが、それは中世にイベリア半島で語られたロマンセという詩形式とも深く関わった。ロルカはこのスペイン詩の伝統をこよなく愛し、『ジプシー歌集』をつくった。ジプシーの歴史はまた迫害の歴史でもある。ロルカは詩集のなかに、その記憶をしっかりと留めた。

おお、ジプシーたちの町よ！／街角ごとにはためく旗。／お前たちの緑色の灯火を消せ、／警察がやってくる／おお、ジプシーたちの町よ！／かつてそなたを見て、思い出さない者があろうか？／（中略）／町は恐怖を忘れて／家々の戸口をふやした／四十人の警察隊員が／その戸口から略奪になだれこむ。（『スペイン警察隊のロマンセ』から、会田由訳）

不意に襲われるジプシーたちの悲運を、スペインの古歌の形式に乗せて、ロルカは激しく憤る。異教からの訪問者・ロマの詩を見事に融合させたスペイン詩の歴史がよみがえる。詩と音楽をめぐる、かくも自由で闊達な空間はこうして成立したのだ。この記憶の召喚によって、ロルカの詩は民衆の詩となった。身に沁みた韻律は、彼らの自由を喚起する。スペイン内戦はやがて自由への戦いとなり、全世界を鼓舞した。だからこそ、フランコはロルカを処刑しなければならなかった。文学は無力にみえながら、かくも強い抵抗の力を持つことができるのである。

第5章　戦争責任を問う

戦争によって引き起こされる悲劇は、死のみではない。生き残ったがゆえに、より過酷な人生を歩まざるを得なかった人々の物語は、戦争への深い憎悪を読む者に感じさせ、だからこそ戦争を回避する思考へと導いていく。しかし、ことはそれほど単純ではない。加害と被害は相関的なものであり、どちらか一方だけに解釈することなど到底できない。各々の状況によって、加害と被害は容易に反転する可能性があるからだ。

本章では、強く戦争への忌避を主張する文学・評論を取り上げた。それらに共通するのは、そのような「悲惨」をもたらす戦争の暴力性を告発し、なお、戦争の非情な被害の実態を隠蔽しようとする社会を糾弾していることだ。戦争の虚しさこそは人間の愚かさの象徴であり、それをつくりだす人間の責任を思考することに、文学は力を貸した。

注目したいのは、戦時のなかにでも、戦争批判をする作品があることだ。弾圧があるから書けなかっただろうと思いがちだが、頭のなかで思うことは自由だ。日記や詩という私的空間で記された文章の質の高さには、目を見張る。自らのなかに萌《きざ》す戦争への意識は、かくも緊密な思考を生み出すのだ。そして何より、戦争責任を問うということは、犯人を捜すことなどではなく、自らのなかに潜む戦争への錯綜した思いを見つめることである。最後で、ボリス・シリュルニクが言うとおり、相手(敵)を、出来事(戦争)を、そして哀しみや憤り(戦争の災禍)を理解しようとする自分の意志によってしか、戦争責任問題は解決されない。

1 ドルトン・トランボ『ジョニーは戦場へ行った』

ジョーは漆黒の闇に包まれていた。目も見えず、耳も聞こえず、口もきけない。わずかに感知するのは体に伝わる外界の振動だけだ。時間も場所も何もわからない。ジョーは過去の記憶をひたすらに反芻する。ロサンゼルスのパン工場に勤めていたジョーは、多くの若いアメリカ人と同様に祖国と自由のために、第一次大戦に志願した。ところが、西部戦線へ送られた彼は、一九一八年九月、ドイツ軍との大規模な戦闘でひどい傷を負い、野戦病院に運ばれたのだった。

第一次大戦はドイツ、オスマン帝国などの同盟国と、フランス、イギリスなどの連合国との間で戦われた。世界はこの二つの陣営に分断され、アメリカ遠征軍は連合国に加担した。そして戦闘機、機関銃、戦車、毒ガスなど新しい兵器が続々と開発され、大量に使用された初めての戦争となった。

ジョーは爆弾に吹き飛ばされて手足、目、鼻、耳を失い、名前も年齢もわからないままに病院に収容された。看護婦が思わず落涙するような痛ましい状態でありながら、ジョーは生命を保っていた。医師たちは彼を勇敢な戦士、珍しい症例として保護するが、この「物体」に意識があるなどとは露も思っていない。だが彼の内的世界は躍動していた。死者同様の自分の状態に激しい怒りをぶつける。名誉や自由、独立などいらない、おれに生命を返してくれ！　死に崇高なことなど一つもないのだ！

ドルトン・トランボが書いたこの小説は、第二次大戦開戦後に発禁となり、戦後復刊されるも朝鮮戦争時に再び禁書となった。兵士の戦意を喪失させるというのが、その理由である。彼は著名な映画脚本家だったが、戦後アメリカに巻き起こったマッカーシズムに巻き込まれ、映画界を追放された。その後、他人名義で脚本を書いたが、その一つ『ローマの休日』はアカデミー最優秀原案賞を受賞した。彼が名誉回復したのは一九九三年である。

トランボは六五歳の時に、唯一の監督作を撮る。映画『ジョニーは戦場へ行った』(一九七一年)は原作とは違い、外界からジョーの姿を捉えていくが、小説と映画は、まるで合わせ鏡のように補完し合って、戦争の無意味さを表現している。小説の終末部分でジョーは、戦争を起こす権力者たちこそが真の敵であると、心の言葉で絶叫するが、映画では死を願うジョーを過酷にも生かし続けようとする軍医の姿で幕を閉じた。

アメリカはベトナム戦争の真っ只中にあった。繰り返される戦争の虚偽を、トランボはジョーの抵抗の虚しさで告発しようとした。それは同時に、何も持たない、何もかも失ったジョーの究極の姿に、人間存在の意味の深さ、そして強さを見出すこととなった。

2　アーネスト・ヘミングウェイ『兵士の故郷』

一九一八年、アメリカ赤十字社の志願兵として第一次大戦のイタリア戦線に赴いた一九歳のアーネスト・ヘミングウェイは、敵の迫撃砲を受け重傷を負った。ミラノで三カ月の療養生活をおくった彼は、一〇月に再び戦場に復帰するが、一一月に休戦となった。彼がアメリカへの帰還を果たすのは、翌一九一九年一月である。この戦争の体験は、やがて『日はまた昇る』(一九二六年)や『武器よさらば』(一九二九年)などの、二〇世紀を代表する文学となった。

ヘミングウェイの初期短編集『われらの時代』(一九二四年)に、わずか十数ページの『兵士の故郷』という作品がある。一九一七年、カンザスの大学から派兵されたクレブスは、一九一九年夏にようやく故郷・オクラホマに戻ってきた。帰還兵への熱狂的な歓迎はすでに冷め、クレブスの体験に耳を傾けようとする町の人は誰もいなかった。「残虐な話をさんざん聞かされていた町の連中」は戦争に興味を失ってしまっていたのだ。クレブスは誇張して戦争を語るようになり、その嘘で自己嫌悪に陥った。町は変化していた。娘たちは美しく成長してクレブスを惹きつける。しかし、彼は彼女らと甘い言葉を重ねて親しくなりたいとは思わないし、それはおっくうだった。結局、クレブスは彼女らを必要とはしていないのだ。

母は心配し、どうにか覇気を取り戻して仕事に就いてほしいと懇願し問う。「あなたは、自分の母親を愛していないの？」。母は自分への愛こそが、彼を立ち直らせる活力だと信じて疑わない。クレブスは「ああ」と答え、こう告げる。「だれも愛せないんだよ、ぼくは」。

クレブスの戦争帰還の物語は、ヘミングウェイの物語でもあっただろう。熱気をはらむ戦時の興奮が冷めきった戦後の世界は、日常への安定を求めて動いている。戦地で重ねられた、たくさんの不条理を、誰もが忘れ去ろうとした。ヘミングウェイはそんなアメリカを離れ、一九二一年、パリへと旅立つ。第一次大戦終結から第二次大戦勃発までの間を「戦間期」と称するが、ヘミングウェイがパリで親しくしたアメリカ人女性作家ガートルード・スタインは、この時期の若者に「失われた世代」という名を与えた。戦争によって奪われてしまった彼らの時間をヘミングウェイは、パリの貧しいアパートで懸命に記録していった。それはまるで自身が戦争で失ったものを回復させるかのようだ。だが、彼は、それが決して戻らないことを知っていたに違いない。故郷喪失者のようにたどり着いたパリで、ヘミングウェイが小説を書き続けた理由は、そこにしかないように思えるのだ。

3　石川淳『マルスの歌』

戦争の呼び声は、思わぬ形で私たちの生活に入り込んでくる。一九三七年(昭和一二)七月七日、盧溝橋事件から始まった日中戦争は、瞬く間に日本中を戦争の熱気の中に巻き込んでいった。新聞やメディアは「戦勝」という戦争報道一色となる。戦争は始まった以上、負けを期待する国民などはなく、誰もみんな勝てばいいと思う。世相は粛々とした気分に占有され、「非常時」の倫理観に満たされて、どこか清々しい気分にさえなってくる。正義や平和の達成のために「聖戦」を闘う立派な国民という雰囲気が漂ってきて、気がつかないうちに戦争の推進者としての「日本国民」という想像の共同体が起ちあがっていく。『マルスの歌』はそんな日中戦争下の一九三八年(昭和一三)一月の『文学界』に発表され、ただちに発禁となった。人民戦線事件という大規模な知識人弾圧が起こったのもこの時期だ。治安維持法が拡大解釈されて、多くの自由主義的な学者、思想家らが一斉検挙された。

〝神ねむりたる天が下　知恵ことごとく黙したり　いざ起て　マルス、勇ましく〟という〈マルスの歌〉が爆発的に世間に流行り、部屋の中にいてさえ聞こえてくる。小説家の「わたし」は一行も小説が書けなくなっている。気晴らしに映画館に行けば、砲弾にさらされる異国の子どもたちが映し出され、「切羽詰まった沈黙の中で率直にNO!」と叫んでいる。「わたし」はますます書けなくなってしまう。そんな折に従妹の冬子が突然ガス自殺を遂げる。戦時の狂騒とは無縁なままに過ごしていると思われた冬子を、死に追いやったものはよくわからない。

「わたし」は葬儀の後に失踪した冬子の夫・三治、それに随行した冬子の妹・帯子を探しに汽車に乗る。車内は〈マルスの歌〉を唱和する乗客に満たされ、「わたし」は「たしかにこの車内の季節では〈マルスの歌〉に声を合わせるのが正気の沙汰なのであろう。わたしの正気とは狂気のことであったのか」と茫然となる。三治らを見つけ、かれらの無事を確認した「わたし」は、町の食堂に入る。ここでも〈マルスの歌〉のレコードがかけられようとしている。思わず「やめろ」と声を出す「わたし」を、客たちは叱責の目で刺し貫いた。

マルスはローマ神話の戦の神、軍神である。平和を望み、ささやかな楽しみを求める人々は、いつの間にか手もなく〈マルスの歌〉に籠絡された。それは国家がそのように操作し、法制を整備し、戦争反対の声を弾圧するからである。だが、それだけが〈マルスの歌〉を流行らせる理由だろうか。自らがその流行に飛び込んでいく「国民」という名の人々の、不可思議な自己破滅のあり方を、石川は描き厳しく糾弾した。戦争の呼び声は日常の中に潜んでいるのだ。

4　山田風太郎『戦中派不戦日記』

山田風太郎は忍法帖シリーズや時代小説、ミステリーなど広い分野で活躍した作家であるが、戦時下、そして戦後詳細な日記をつけ続けた。作家以前の山田青年の記録であると同時に、戦時・戦後の庶民生活誌としての傑出した価値は、今も色褪せていない。

山田はその日記から、一九四五年（昭和二〇）の一月一日から一二月三一日までを切り取り、一冊の本として編んだ。徴兵不合格となり、軍医を目指す二三歳の医学生の仔細な日常描写から照射されるのは、どんなひどい目にあっても人間は「日常」を維持し存続させようと最大の努力をする、いとおしいような哀しいような存在であるという事実だ。それを愚かというのは、歴史の審判が下ったあとの感想にすぎない。物事の真っ最中には、どうにかより良くしようと、努力するしか手はないのだ。

戦争も末期に至っていよいよ空襲は激しさを増し、日夜B29爆撃機が空を舞う。それでも電車は動き、銭湯は営業し、学校は授業をし、工場は操業を続ける。日記を読んで驚くのは、民衆の日常維持への驚倒すべき意志だ。寄席も歌舞伎も映画も興行されている。銃後に位置する人々の、強い生命力がここには描かれている。

三月一〇日未明、東京で史上最大規模ともいわれる民間人を巻き込んだ大空襲があり、一〇万人を超える人々が殺戮された。その日、山田は友人の安否を確かめに、新宿から本郷まで歩いた。道中で見る悲惨な光景に、アメリカへの復讐を誓う。いったん戦争が始まれば、人は「負ければいい」などとは考えない。大方は勝つことを祈願し、敵を負かそうと決意する。だが、何もかも失ってしょんぼりと路傍に座る中年の女が、ふと「また、きっといいこともあるよ」とつぶやくのを耳にして、山田は電流に打たれたような感動にとらわれる。これ以上ない地獄を味わった人間の望みの灯火は、ささやかだが、巧まずして戦争への批判となり、同時に平和の希求となっている。

八月八日、医学校の疎開先の長野県飯田で、広島に六日新型爆弾が投下されたというニュースを知る。一四日夜には、友人らと戦争続行か否かをめぐって明け方まで議論する。山田は三年の続行を主張する。一五日、玉音放送で敗戦が告げられた。月末には新聞の論調は一転して、軍部や政府が行った言論弾圧、思想統制を叩き始める。九月三日、生家への帰省の途中、京都で東本願寺の軒下に暮らす被災者の老婆と出会う。いかなる救済の手からも見放された彼女の生き抜く姿を、山田は鮮やかに日記に留めた。どんなことがあっても「日常」は続いていく。たくましく挑む市井の人々への讃歌が、この日記には高らかにうたわれている。

5 竹内浩三『戦死やあわれ』

一八七三年(明治六)一月一〇日、徴兵令が発せられ、満二〇歳以上の男子は徴兵検査を受け、合格者は三年間の軍務服役が課せられた。ただし、戸主や長男、官公庁の役人、官公立学校の学生や、二七〇円の代人料を収めた者は免除された。当初は反対の一揆が起こったりして一般には不評であったが、一八八九年(明治二二)に大改正が断行され、大幅に徴兵免除は縮小され、ほぼ国民皆兵となった。日清、日露、第一次世界大戦を経て、軍事国家として成長していくに従って、軍隊に入ることは当たり前のこととなり、第二次世界大戦における兵士たちの過酷な運命を導いていくこととなる。

竹内浩三は一九二一年(大正一〇)年、伊勢の裕福な呉服商の家に生まれ、宇治山田中学を卒業して、日大専門部映画科に入学した。明るい映画青年であった。伊丹万作をこよなく愛し、漫画を書き、同人誌を作った。一九四二年(昭和一七)、半年間の繰り上げ卒業となった竹内は、一〇月に三重県久居で召集され、翌年筑波にあった空の神兵と呼ばれる滑空部隊(落下傘部隊)に配属された。そして一九四四年(昭和一九)一二月にフィリピン戦線に赴き、翌年四月にバギオにて戦死したと伝えられている。二三歳であった。姉の松島こうは骨の一片すらない戦死公報に慟哭する。

竹内は文学仲間とともに詩を作り、小説を書き、また軍隊では隠れて日記をつけた。これらは生前には発表されることはなかったが、戦後姉や友人たちの手によって『戦死やあわれ』として活字化された。一九四二年(昭和一七)八月に書いた詩が『骨のうたう』である。

戦死やあわれ　兵隊の死ぬるやあわれ　とおい他国で　ひょんと死ぬるや　だまって　だ
れもいないところで　ひょんと死ぬるや　ふるさとの風や　こいびとの眼や　ひょんと消
ゆるや　国のため　大君のため　死んでしまうや　その心や

戦時下の高揚する世相の中で自らの心情をこれほど純粋にうたうことに圧倒される。これは単なる反戦詩ではない。人間の深いところを突き動かすような、人間そのものに立脚した情動を、竹内は描出する。ここには通常の悲しさや辛さを超えた、人間存在の意味を問いかける彼の視点が照らし出され、読む者の心を激しく打ち据える。

竹内は『詩《うた》をやめはしない』で「たとえ、巨《おお》きな手が　おれを、戦場につれていっても　たまがおれを殺しにきても　おれは詩をやめはしない」と断固として宣言する。この強靭な魂を戦争は圧殺し、あらゆる可能性を奪った。『戦死やあわれ』とはその無念の別称でもある。

6　坂口安吾『戦争論』

一九四六年(昭和二一)四月、敗戦の混乱に方途を失い、不安な日々を過ごす日本人に向けて、衝撃的な作品が投げつけられた。「堕ちる道を堕ちきる」ことこそ、戦後の人間の最も重要な課題だと主張する坂口安吾の『堕落論』は、たちまちのうちに時代の言葉となって、人々に新鮮な驚きを与えた。安吾の徹底した戦前的倫理観の否定と破壊は、敗戦後の日本人が陥った喪失感、脱力感から人々を救っていく、大きな拠り所となったのだ。

『戦争論』は安吾一流の逆説的な物言いから始まる。「戦争は人類に多くの利益をもたらしてくれた」と記された冒頭部分は、まさしく人類の歴史が戦争と共にあったことを言い当てている。戦争を遂行するために科学技術は発達し、文化交流を促進し、文明の発達をうながしていったのだと、グイグイと論を展開する安吾の迫力はすさまじい。こんな人類の進歩を推進するものは、戦争をおいて他にあろうか。凡俗の平和論が、戦争はあってはならない諸悪の根源というばかりで、何の解決の手がかりも見いだせない。教条的な結論をグルグル回るだけなのに反して、安吾の話法は明快である。戦争がいけないといいながら、無くならないのは何故か、というもっとも単純な質問に、安吾は答えようとする。それは戦争への魅力なのだ。人々は軍服を脱いで、平和国家建設とかいいながら、実は「民主々義的な形態の上に軍国調や好戦癖を漂わしている」と安吾は喝破する。

安吾の夢想は飛躍する。戦争は文化を交流させ、やがて全世界的な規模でそれらが共有されていったとき、世界は単一国家となり、もはや戦争の必要がなくなるだろうと主張する。しかし、その戦争の効用がもはや意味を持たないものとなったと、安吾は言う。新しい科学の発見に寄与してきた戦争は、私たちの未来への空想を超える悪魔の兇器を発見してしまったのだ。安吾は一九四五年(昭和二〇)八月六日、九日に投下された「バクダン」がそれであると述べる。「兵器の魔力が空想の限界を超すに至って、ついに戦争も、その限界に達したと見なければならない」とした上で、「もはや、戦争はやってはならぬ」と結論する。

原爆投下によって終結した戦争から、わずか三年もたたないうちに、世相はまた戦前的論理に揺り戻されようとしていることに、安吾は危機感を持った。「排他的、禁止弾圧の精神」こそは、戦争の精神であるという一節には、アメリカによる占領政策も、そのお先棒を担いでいるのだという批判も含めて、好戦的な狂騒に傾斜する人間の本性を見据えた、安吾の深い洞察力が発揮されている。安保法を可決させ、震災後数年を迎えてもなお、放射能汚染問題を抱える今の日本にあって、『戦争論』は十分に通用する警告であり、有効な提案である。

7　平林たい子『盲中国兵』

群馬県のＪＲ高崎駅の駅ビルには、しゃれたブティックや飲食店が軒を連ね、屈託ない買い物客でにぎわっていた。新幹線が発着する駅はどこもよく似ている。越後と信州への入り口である駅であるのを忘れるほど、無個性に都会化している。しかし、絡みつく湿気と暑さで白くかすむ駅前ロータリーに立つと、ある小説に描かれた戦時下の情景が私の目の前に再現されていく。

長野県出身のプロレタリア作家・平林たい子は、敗戦翌年の一九四六年（昭和二一）三月に

『盲中国兵』という、原稿用紙二〇枚足らずの短編小説を発表した。虚構か現実か、ミステリーか戦争小説か、読む者を底のない不安にも似た混乱に陥れていく奇妙な作品である。

この衝撃的な作品は、東京大空襲直前の、一九四五年(昭和二〇)三月九日の午後四時半ごろに始まる。「私」は、高崎駅で東京行きの汽車を待つ。遅れた列車がホームにようやく入ってきたが、高圧的な駅員や警官が乗車するのを阻んだ。がら空きの車両をのぞき込むと、そこには高松宮が座っていた。

「私」は、「不思議な感動」で、ほかの誰かれに宮様を見たことを知らせてやりたい欲望におそわれるが、人びとは汽車に遅れまいと無関心であった。出遅れた「私」は混雑する車両に乗車できず、後方まで走っていった。そこで見たのは、まさしく言語を絶する光景であった。おおむね三〇歳から五〇歳ぐらいまでの、悪臭を放つ白衣を着た戦病兵が一斉に下車している。日本の下士官がそれを数えているが、降りてくる兵士の様子は明らかに違っていた。すべて目が見えない中国人なのだ。五人目になるたびに、カーキ色の軍服(日本軍ではない)を着た兵士が「快々的!快々的!(早く、早く)」と、戦病衣の男たちを棒で追い立てている。ホームに整列させた数は五〇〇人余になる。

「私」は、「一体これは何としたことだ」と恐れおののく。ほかの旅客の中には、あまりの悲惨に涙を流している者すらいた。「毒ガスの試験」に使われたのか、工場の爆発事故にでもあったのかと人びとはささやきあったが、いったい何のために、この盲目の五〇〇人もの中国人たちを移動させるのかは、見当もつかなかった。そして、すぐに自分のことに精いっぱいとなり、彼らのことを忘れていった。「私」は、「この位の事件には感動していられないほど、日本人は今皆忙しい」と納得する。つけ加えれば、この日の夜半に東京大空襲があったのだから、この汽車に乗り合わせた人びとの何割かは、その災禍に向かっていたことになる。

高崎駅は上越、信越の分岐駅であるほか、八高線や両毛線など内陸の軍事鉄路の拠点であった。陸軍岩鼻火薬製造所や中島飛行機製作所、足尾銅山など周辺には多くの軍事施設が実働していたが、「事実」の側から照らし出せば、『高松宮日記』には、この日に宮が高崎にいた記述はなく、中国兵の移送の記録もない。しかし、光を失った中国人捕囚の群れと、東京大空襲の業火に焼かれる乗客たちが一瞬交差した情景を切り取ったこの作品こそは、戦争が導く運命の不確定性を余すところなく描いて、敵味方なき悲業の死の不当性を告発してやまない。

8　中野重治『五勺の酒』

なぜ戦争をしてしまうのか、という問いはいつも正答のないまま曖昧にされてしまう。人間はそもそも好戦的な生き物だからとか、国家の存立を示すには戦争をおいて他にないとか、色々な考え方がある。ただ、そこに教育が深く関わっていたことに異論はないであろう。

中野重治が一九四七年（昭和二二）一月の『展望』に、戦後初めて発表した小説『五勺の酒』には、戦後の教育者の姿が書かれている。旧制中学校の校長である主人公が、憲法発布の祝いに特別に配給された五勺の酒を一人飲みながら、友人に手紙を書くという設定である。独り言をつぶやく主人公の感情はやがて、あまりに理不尽な戦後の変わりように激してくる。あらゆる世間の風潮が気に入らない。ひたすらにクダを巻くこの中年の主人公に、中野は独特の愛情あふれる視線を投げかけながらも、劇的に変化する戦後政治・政策への違和感を表明し、なお自分が属している日本共産党にすらも、この校長の目を通して批判の刃を向けた。

校長は若い時からの友人である共産主義者に宛てて手紙を書いているのだが、天皇制の存続は校長を最も悩ませる問題だ。敗戦を知らせる玉音放送に号泣した校長は、だまされたという世間の解釈とは違って、その時はだまされたなどと思わなかったと述べる。しかし、一九四六年(昭和二一)一月に発布された天皇の詔書、いわゆる「人間宣言」以降、いつもだまされている感じがすると歎じ、それは共産主義者がだまさせているのだと断じる。天皇をことさらに低く見積もろうとする民衆道徳意識のあり方に、校長は疑問を投げかける。「天皇制廃止は実践道徳の問題である」と書く校長の胸に去来するのは、強い未練を抱えながら戦地に赴いた若い教師や、戦争でその美しい顔をめちゃくちゃにされて生還した同僚の姿である。

戦死者を弔うのに学校を使ってはならないという通達に、「戦死者の葬式を学校でやってどこが悪い。町会も出ろ。生徒も出ろ」と校長は文句をつける。ただ古い権威を軽蔑するだけが、戦争を批判することではない。中野は戦後民衆の道徳的な低さを問題とした。死者を悼むことに条件をつけるような社会が、当たり前であるはずがない。

この作品には続編として、友である共産主義者からの返事が続くはずであったが、ついに書かれることはなかった。アメリカ占領下に矢継ぎ早に実行される戦後政策は、混乱をもって進行した。続編は、天皇制や戦争責任問題のほかに、戦争に加担した教育者の道徳的責任についても、語られるはずであっただろう。中野はここで、人間性に重きを置いた視点を強調する。占領下の進駐軍による押しつけがましいルールの強制にも、その顔色をうかがう日本政府の弱腰にも、校長は批判をぶつけ、何よりその風潮に乗じて、したり顔に「民主主義」を主張する進歩的な民衆に対して嫌悪感をあらわにする。この時期、中野は荒正人や平野謙ら近代文学派との間で、論争をしていた。中野の性急な反論は、意気軒昂な近代文学派にとって随分と不意をつくものだった。中野にとって、戦争が終わって言論のイニシアティブを牛耳っていく彼らへの、どうにもならない不快感の一端が『五勺の酒』には投影されている。人間の基本的な「道徳」などは、時代によって変わることはない。戦時下のアナクロニズムにとらわれていると見える校長が、人間に注ぐ眼は一貫している。中野が描き出すその人物像は、戦後の浮かれたつような高揚した迷走を、深く戒める役割を果たしているのである。

9　後藤みな子『炭塵のふる町』

一九四六年(昭和二一)に出された元旦詔書は、昭和天皇が自ら神格化を否定した、いわゆる「人間宣言」として記銘されている。その言葉を裏づけるように天皇は、この年二月から全国巡幸を始めた。一九五四年(昭和二九)までの八年間で、沖縄を除くすべての都道府県に足跡を残している。当初、国民からの反発も予測されたが、天皇の朴訥とも評せる人柄もあって、各地で熱狂的な歓迎風景が繰り広げられた。天皇制は戦後民主主義という枠内にもスルリとはまって、新たな方向を見いだしたのである。

ただそうであっても、もっとも酷い被害を受けた被爆地への巡幸は、まだ間をあけなければならなかった。側近も案じながら、一九四七年(昭和二二)一二月に断行した広島巡幸は、五万人の群衆を集め成功した。しかしながらここで日の丸の旗が波のように振られたことに、GHQは軍国主義復活の危惧を抱き、巡幸は一時中断された。また東京裁判の判決が、一九四八年(昭和二三)には結審することとなり、天皇の処遇については不確定なこともあって、再開されたのは、一九四九年(昭和二四)五月の九州巡幸からであった。

『炭塵のふる町』は、その天皇の九州来訪の日を扱った作品である。中学生の彩子は故郷の長崎を離れ、佐賀県で暮らしている。巡幸の前日、父から明日は家にいてくれと懇願される。原爆投下によって彩子の兄である長男を失ったために精神の均衡を失った母を、刑事が監視するからだ。彩子は刑事の要請を受け入れた父に怒りをぶつける。軍医に志願して入隊し、自分たちを置き去りにした父をどうしても許せないのだ。母の狂気も、父がいてくれたら招かれなかったのではないか。彩子にはどうにも割り切れない。

翌日、監視の目を潜って母は往来に飛び出て、天皇の車を「万歳」と叫びながら追いかけ、橋の欄干から川に飛び込んでしまう。命は取り留めたものの、母の突発的な行動は何だったのかと、彩子は考える。歓迎のためか、それとも呪詛の言葉を投げかけたかったのか……。彩子は咄嗟にお召車を追いかける。私はどうしてもあの車に追いつかなくてはならない。私の伸ばした手の先に焼けただれて死んだ兄の骨が鳴る。ころびながら、それでも見えなくなった黒い車を追いかけて、炭塵と黒い氷雨のふる町を彩子は走り続けた。

一九七一年(昭和四六)に自伝的な作品『刻を曳く』で文芸賞を受賞、芥川賞候補にもなった後藤みな子はわずか五篇の短編を書いた後、長く小説から離れた。二〇一二年、自らの家族の歴史を綴った『樹滴』を発表、被爆から六七年を経過しながら、終わらない戦後を的確な表現力で見事に描き切った。原爆というもっとも重い戦争の災禍が、一つの家庭を蝕み崩壊させながらも、それでも前へ進んでいかなければならない人間の業を、私はいとしいと表現するほかに、言葉を持たない。

10　結城昌治『軍旗はためく下に』

さまざまな意匠を凝らした高層建築が林立するバンコクで、その一つに昇った。ビルを越えて遠望される地平線は深い緑に縁取られ、丸く稜線を描いていた。バンコクは、まるでそのジャングルに取り囲まれて浮かぶ未来空間のようだ。そのジャングルは、かつて「南方」と呼ばれた東南アジア全域で、戦いの現場となった。植民地の欲望に駆り立てられた「近代国家」の戦争は、鮮やかな緑一色に染められた深い森の奥で戦われたのである。

一九七〇年(昭和四五)、直木賞を受賞した結城昌治の『軍旗はためく下に』は、ジャングルの中で、秘密裏に処理された帝国軍隊の不正を告発した小説だ。戦後のBC級戦犯裁判における不当性についてはよく論議されるが、この物語で扱われるような、日本人が日本人に行った戦地での軍事裁判については、明らかにされていない。結城は東京地方検察庁事務官として、一九五二年(昭和二七)の講和恩赦に関する仕事に就いたが、その時、膨大な軍法会議に関する記録を読んだ。そこに記載された「暗い部分」は、長く結城の頭を去ることはなかった。

一九六九年(昭和四四)から翌年にかけて、結城は『中央公論』誌上で、『敵前逃亡・奔敵』、『従軍免脱』、『司令官逃避』、『敵前党与逃亡』、『上官殺害』という連作短編を発表した。これをまとめたのが本書である。何の情報も与えられずに、中国華北地方や華中、「南方」や「南洋諸島」にまで移動させられ、予測もつかない危険と飢餓の中に追いやられた兵士たちが、軍規違反に問われ、ろくな裁判も受けないままに死刑となる理不尽な運命を、結城は戦後二十数年を経過した時点で、生き残った元兵士たちへの聞き書きという形式で描き切った。

軍隊という組織のなかで裁かれたのは、軍隊からの逃亡、上官への不正告発、間違った作戦の拒否、上官の食糧独占による飢餓からの人肉食、無謀な作戦に固執する横暴な上官殺害という、生きようとする兵士らのぎりぎりの選択と行動である。この軍規の判断を支えるのが、一九四一年(昭和一六)に、東條英機陸相によって出された「戦陣訓」だ。「生きて虜囚の辱めを受けず」の一節で有名な軍人の道徳である「戦陣訓」がもたらした戦時軍事裁判の責任について、戦後の日本は、今に至るまで無視し続けている。裁かれた兵士たちは無言だが、その裁きを下した人々も、それに協力した兵士たちも、一切語ろうとはしなかった。生き残った者たちにとっても、それは語ってはならないタブーであり、戦後を生きる彼らに苦悩を与えた。

一九七二年(昭和四七)に、深作欣二監督は映画『軍旗はためく下に』を撮った。新藤兼人の優れた脚本は、原作の意図をよく伝えている。左幸子が演じる主人公富樫サキエは、毎年八月一五日、天皇皇后臨席のもとに日本武道館で挙行される全国戦没者追悼式の日に上京して、厚生省に赴く。軍規違反によって、夫の軍人恩給が発給されない根拠を問うためだ。夫はどんな罪を犯したというのか。そのため「父ちゃん」は靖国神社にも祀ってもらえず、戦没者追悼式の招待状も来ない。「父ちゃん」の汚名を雪《そそ》ぎたい一心で、サキエはわずかな手がかりをよすがに、「父ちゃん」の戦友のもとを巡り歩く。そこでサキエが聞くのは身の毛もよだつような戦地の残酷な事件であった。敵前逃亡、人肉食など、戦友たちは気ままに夫の罪状をでっちあげる。だが、最後には、夫が生き延びるためのぎりぎりの選択として、狂気に陥った上官を殺害した事実を、サキエは受け止める。そして、その行為が何故なされなければならなかったかを、サキエは懸命に考えた。

「父ちゃんも靖国神社さ入れて、天皇さんからも拝んで欲しい」と願って、毎年厚生省を訪れていたサキエは、事実を調べていく中で、身も凍る軍隊の非情を知る。サキエは最後に考えを変える。「やっぱり拝んでもらってはならねえ」。この覚醒の声の重さは、はかりしれない。

11　ノーマ・フィールド『天皇の逝く国で』

ロサンゼルスのリトル東京は、しっくりと落ち着いた生活感が漂う街だ。昼時の小路は、食事をとろうとする人びとでにぎわっていた。私は、一九六〇年代の日本をしのばせるような食堂に入った。初めてなのに、どこかなつかしい。

この街には、アメリカで唯一の全米日系人博物館がある。明治時代からの日系移民の歴史がテーマだが、展示の中心は第二次世界大戦時の強制収容所時代である。理不尽な処遇に流された涙のあとがたどれるような、おびただしい資料をもとに、同館の展示物は再現されている。そんな展示物を通して、二つの国のどちらにも帰属しないということは、人間が生存していく上でほぼ不可能であることを痛感する。一つの国に属するという国民国家の原則は、中間を許さない。だが、その中間こそが、異なる二つの文化を見渡す位置なのだ。

日本文学の優れた研究者であるシカゴ大学のノーマ・フィールドは、一九八八年(昭和六三)から一九八九年(平成元)にかけて、すなわち昭和天皇が病から死へと至る時期、日本に滞在して、三人の日本人にインタヴューを行った。沖縄国体の会場に掲げられた日本国旗を焼いた知花昌一、自衛隊殉職者の亡夫が靖国に合祀されることを反対して裁判を起こした山口県の中谷康子、昭和天皇の病中に彼の戦争責任問題を発言して狙撃された長崎市長の本島等である。彼らを訪ねる旅は、彼女自身の個人史を確かめる旅でもあった。

アメリカ人の父と日本人の母のもとに生まれ、日本で基地内のアメリカンスクールに通った経験を持つ彼女にとって、第二次世界大戦とは、歴史上の出来事ではなく、自己に直結した問題だった。この戦争を、戦勝国の側からも、敗戦国の側からも見通すことができると同時に、そのどちらにも加担できない自分がいることに、ノーマは気づいていく。彼女の戦争をめぐる行脚は、こうして始まった。

知花、中谷、本島の三氏は、日本が犯した戦争という国民への犯罪を思い出させ、なお何の解決をもなさないままに、結論を先延ばしする日本政府のあり方を告発する存在だ。しかし、その告発を契機として、ただちに彼らの前に「日本人」という共同体が立ちふさがり、たちまちのうちに彼らを「非日本人」としていく。ノーマが彼らに抱く共感と信頼は、そこに根ざしている。その曖昧さゆえに、彼らが蒙る排斥は、恐ろしい。本島氏に至っては、命を奪われそうになったのだ。どう考えても、彼らの要求は当然であり、その告発は正しい。が、それが聞き入れられないところに、日本の戦後処理が未だ終わっていないことを、痛感させられる。日本は敗戦によって、誰も戦争責任を取らなかったともいえる。東京裁判におけるお座なりな判決は、少しも戦争責任問題をクリアーしなかった。

だが、アメリカと日本の間に宙吊りとなったノーマによって暴かれていく情景は、戦争そのものの根幹を支えるものは何であったかということにぐいぐいとアプローチしていく。沖縄戦で過酷な状況に追い詰められて死んでいった声なき住民、長崎原爆の業火に一瞬のうちに焼き尽くされた市民の亡きがら、国家の「英霊」となって合祀されてしまった兵士たちが、この本のなかで一斉に不満の声を高くあげる。誰も責任を取らなかった戦争の被害者は、安らかには眠れないのだ。

ノーマはあとがきで、「日常生活を私たち一人一人の歴史と世界にたいする責任の根拠地」として考えねばならないと書いている。目の前にある彼らの日常から、その思惟を紡いでいくノーマの言葉は、思いもかけない戦争の残滓にふりまわされる人たちがいることを、教えてくれる。同じ国に暮らしながら、かくも違った日常を生きる人たちを知ることによって、私たちの日常は変化する。その変化こそが、戦争の責任を日常のなかで自らの問題としていくのだ。

12 パトリック・モディアノ『1941年。パリの尋ね人』

戦争の記憶はそれを経験した人間だけのものではない。それぞれの人が抱えるそれぞれの記憶と交差した時、それは人々に内省的な時間を与える。二〇一四年度のノーベル文学賞を受賞したモディアノが追求するのは、ドイツ占領下に行われたフランスによるナチス協力である。イタリア系ユダヤ人の父とベルギー人の母のもとに生まれたモディアノは、幼時から自らの出自に問題を抱えていた。父は家族を顧みることはなく、女優の母も離婚後はモディアノを寄宿学校に入れてしまう。このような歪みをもたらしたのは、まさしく戦時下占領期のフランスの状況そのものであった。ナチスのユダヤ人迫害をかわしながら、したたかに生き抜いた父は、シニカルな人間観しか持てずに、その人生をまっとうできなかった。対独協力はヴィシー政権のみの罪ではなく、それを支えた多くの市井のフランス人であったことを、モディアノはデビュー当時から作品の背後にひそやかにしのばせた。

一九八八年、モディアノはたまたまめくっていた一九四一年一二月三一日付『パリ・ソワール』紙の尋ね人欄に、ドラ・ブリューデルという娘を探す両親の記事を見つける。蚤の市で有名なクリニャンクールに近いオルナノ通りは、パリ近郊に生まれ育ったモディアノには近しい場所であった。モディアノはこの記事が気にかかり、探索を開始する。区役所や高等検察庁に問い合わせを重ね、ようやくわずかな手がかりを得る。ドラの両親は労働者階級のユダヤ人であったが、迫害を恐れ娘のドラをキリスト教寄宿学校に入れて、その出自を隠した。しかし、学校のあまりに厳しい規律に耐えかねたドラはそこから脱走する。翌年ドラは発見されて逮捕される。六月二二日、彼女はドランシー収容所へと運ばれて、九月一八日にアウシュビッツ絶滅収容所へ父とともに送られた。母は一九四三年二月にやはりドランシーからアウシュビッツへと移送された。ここで親子の記録は途絶える。

ドランシー収容所はパリ近郊に設けられたユダヤ人拘禁施設であり、約七万五〇〇〇人ともいわれるユダヤ人がここから直接貨車でアウシュビッツに送られた。この一人一人の詳細な記録を作ったのは、セルジュ・クラルスフェルトと妻ベアーテである。モディアノも彼らの一九七八年に出版された大著から、ドラ家族の情報を得ている。しかしながら、フランス政府は一九九五年にシラク政権がこの事実を認めるまで、この対独協力を公式には認めなかった。

モディアノの家族とドラの家族はパリの周辺をめぐるいくつもの糸によって結ばれていた。モディアノの青春の記憶は、一六歳のドラの彷徨と重ね合わされて、ひとつの優れたドキュメンタリー小説を完成させた。ユダヤ人という刻印が打ちつけられるや、人々が一斉に排斥へと向かった戦時下フランスでの情景は、特殊な時期にしか起こりえない、人間の思考の放棄である。しかし、この回路がまた容易に復活するかもしれないという密やかな恐れも、この作品には流れている。戦争責任とは、このように思考の持ち方にも要求されるべきものなのだ。

13　ボリス・シリュルニク『憎むのでもなく、許すのでもなく』

戦争は必ず憎しみを生む。敵によって殺された家族や隣人、同じ国の人々の報復のために敵を殺す。それはまた新たな憎しみを誘い出して、この憎しみの連鎖は限りなく続いていく。年月を重ねれば重ねるほど、それらは複雑に絡み合って、収拾のつかない混乱と災禍を人々に与えてしまう。歳月が解決するだろうなどという憶測は、何の根拠も持たない慰めにすぎない。

それではどのようにその憎しみから解放され、和解への道を歩むことはできるのだろうか。本書には、その示唆がつまっている。著者ボリス・シリュルニクは精神科医であり、文学者ではない。だが、自分の体験を描いたこの自伝に込められたものは、高度に知的でありながら、一方で人間の感情に訴えかける豊かな文学性に支えられて、読者をひきつけてやまない。一九三七年、ポーランド系ユダヤ人の両親のもとにフランス・ボルドーに生まれた彼は、わずか五歳で孤児となった。外人志願部隊に従軍した父は戦傷した入院先で逮捕される。ヴィシー政権下のフランスは反ユダヤ法を一九四〇年に発令してユダヤ人を迫害した。母は一九四二年七月のユダヤ人一斉検挙で逮捕、アウシュビッツに送られた。その前日に母によって孤児院に避難していたので助かったボリスは、一九四四年にフランス警察によって逮捕、シナゴーグに収監された。看護婦の機転によってそこから脱出したボリスは多くの人々によって助けられ、生き延びた。戦後、医師を目指して貧困の中に刻苦した彼は、精神的な外傷、トラウマを抱えた人々に寄り添うために精神科医となる。それは自らのトラウマを癒やしていく選択でもあった。

著者は幼時であったから記憶が曖昧であることなど、ないと主張する。克明に記憶される恐怖や暴力は彼の心に食い込んで、彼の人格形成に影響を与えた。彼は沈黙を自らに強いた。「ユダヤ人」であることを言ってはならないという体験は、他者との親密な関係を持つことを阻んでいく。のちに自分を助けてくれたさまざまな人々と出会い、語っていくうちに気づいたことがある。克明に覚えている過去の記憶が少しずつ事実と違っていたことである。人間はあまりにつらい記憶はそれを克服するために、少しずつ改ざんを行うのだ。

シリュルニクは、自らが凍らせてしまった言葉を柔らかに溶かしていくことの必要を主張する。そして憎むのでも、許すのでもなく、理解することの重要性を。ホロコーストという人間の究極の憎しみの表現に出合ったシリュルニクは、憎しみの本質に対峙する勇気と、その人間が持つ善なるものへの探求が同時に行われることは、決して不可能ではないことを明らかにしたのだ。人間は過去を消去できない。だからこそ、その苦しみに満ちた過去と折り合い、解決への道を求めて、理知の力をもって、前に進んでいかなければならないのだ。

終　章　いまここにある戦争

第二次世界大戦が終わってから七〇年余り、日本は少なくとも戦争を起こさなかったし、戦争を仕掛けられなかったことは評価されてしかるべきであろう。戦後の日本国憲法に明記された第九条は、あらゆる戦争への欲望を抑止したのである。だが、世界は戦争に明け暮れ、苦悩と悲しみを再生産し続けている。そして、日本も改憲論が猛々しくも話題に上り、「永久に」放棄したはずの戦争への道を、再び歩みだそうとしている。積み重ねられた戦争の記憶がなかったかのように急速に進行する国防体制論議は、人々の不安を増大している。

本章では、二〇世紀後半から今に至るまでうち続く世界の戦争について書かれた作品、そして私たちの想像力のなかで増幅される戦争イメージを描出した作品を取り上げた。その中で特徴的なことは、三・一一以降の日本が、無視することのできない核の恐怖に、さらされてしまっていることだ。被爆国として、核は戦争と深く結びつけて考える習慣が日本にはある。日々の生活の中に突然に襲いかかってきた見えない核物質との戦いもまた、戦争が残したトラウマの一つと呼べるのかもしれない。文学や映像のみならず、ポップカルチャーのなかで拡張されていく、近い未来に迫りつつある崩壊の予兆は、戦争の記憶と深く結びついて、ディストピア

（反ユートピア）のイメージを増殖させていくことの意味を、いま一度考える必要がある。もしかすると、今私たちは戦争の真っ只中にいるのかもしれないからだ。

1　ジョージ・オーウェル『一九八四年』

一九五〇年代に勃発した核戦争によって、世界は三つの超大国に分断された。南北米大陸や英国、オーストラリアなどは「オセアニア」となり、ロシアを中心とするヨーロッパから中東を含む地域は「ユーラシア」に、そして中国や日本を含む極東地域は「イースタシア」となって、それぞれは間断なき戦争を繰り返していた。『一九八四年』はその「オセアニア」に生まれた小官吏ウィンストン・スミスの物語である。人々はテレスクリーンと呼ばれる双方向テレビによって管理され、行動は遂一監視されている。「オセアニア」はビッグブラザーによって支配され、彼のポスターと三つのスローガンが街中に張り巡らされている。

戦争は平和なり　　自由は隷従なり　　無知は力なり

ジョージ・オーウェルが第二次大戦終了後、すぐに発表したこの近未来小説は、その暗たんたる世界の終末イメージを、現在でもなお強烈に発散している。映画やゲームなどに描かれる近未来が、戦争や核、あるいは暴力や抑圧の恐怖に彩られているのは、この小説の影響が大きい。戦争が終結すると同時に始まったアメリカなど資本主義国家と、ソ連などの共産主義国家の東西冷戦対立は、歪んだ世界構造をつくっていった。オーウェルはいち早くその虚妄に満ちた大国の横暴を告発した。

「オセアニア」を生き抜いていくためには、「二重思考」が必要である。ある事実を知りながら、まったく相反・矛盾するものに気づいたとしても、その双方を「事実」として認めていこうとする思考法である。スミスは真理省という役所で、過去の記録が現在の状況と合致しない事態が出来した時、過去の記事を都合よく改ざんする仕事をしている。普通、それは虚偽と呼ばれる。だが、「オセアニア」では、社会のためにそれが必要なのだから、少しの矛盾もない。テレスクリーンで流される情報も、いま必要なものであって、事実と多少違ったとしても仕方がない。すべてはビッグブラザー率いる党のためなのだ。もっともビッグブラザーが実在するかどうかは、よくわからないのだが。

任務を遂行するために「ニュースピーク」と呼ぶ新語法が公用語として採用されている。ある思考法を完成させるためには、そうではない思考を駆逐してしまうほかない。つまり言葉の意味は単純化され、一つの思考以外はまったく考えられないような意味にしていく。思考不能に陥るような言語政策とは、言葉をどんどん失くしていくことである。辞書などはいらない。言葉に深い意味などないのだし、いらないのだ。

いま世界を吹き荒れる反知性主義やネオ・リベラリズム、極右勢力の台頭のなかに、このオーウェルの『一九八四年』を置くと、この作品はまるで今を描写したかと思うほどに生々しい。第二次大戦の戦後処理もおぼつかない一九四八年に執筆されたこの作品が、すでに全体主義的な抑圧に満ちた未来を構想したこと自体に、戦争がオーウェルに与えた不信の根の深さを看取することができる。が、それでもオーウェルが、作中のスミスに与えた資質である「状況への違和感」は、一抹の人間信頼への回復を予期させている。私たちの内を知らぬ間に蝕む「思考の放棄」が、彼の描くディストピアの世界に、一歩一歩近づいていく回路であることが、この作品を通じて肉感的に感じられる。その意味で『一九八四年』は、架空のＳＦ近未来小説ではなく、私たちの日常の慣習行為のなかに潜む、奈落のような自己廃棄の欲望を描いたものとして読み替えることが可能である。戦争はかくもネガティヴな欲望生産の場所であるのだ。

2　目取真俊『水滴』

一九四五年（昭和二〇）三月二三日、米軍は沖縄本島に大規模な空襲を開始し、二六日には座《ざ》間味《まみ》島に上陸、四月一日には読谷《よみたん》から北谷《ちゃたん》にわたる沖縄本島中部に一八万人の上陸部隊を送り込んだ。中部から南北に向けて侵攻したために沖縄は分断され、中南部の住民は南へ南へと避難するしかなく、南端の摩文仁《まぶに》にまで追い詰められた。六月二一日、米軍は摩文仁占領をもって作戦終了を宣言、二三日には牛島満中将らがガマで自決して沖縄戦は終わった。

ガマとは兵隊や住民たちの避難場所、あるいは野戦病院となった自然洞窟である。沖縄には石灰岩の浸食で形成された洞穴が二〇〇〇以上あるが、それらは沖縄戦では防空壕、避難壕となった。兵隊や住民たちはガマの劣悪な環境の中で次々と死んでいった。また末期には米軍の馬乗り攻撃と呼ばれた、壕の中に火炎放射器を噴きつける無差別殺戮が行われた。ガマは戦争の記憶への通路である。今も記念日や命日には、線香や供え物が捧げられ、慰霊されている。

『水滴』（一九九七年度芥川賞受賞）は、徳正という六〇歳を過ぎた怠け者の男の右足が突然に腫れる話である。それは六月の空梅雨の蒸し暑い日であった。昼寝から覚めた徳正は、膨れ上がって中ぐらいの冬瓜ほどにもなった右足に気づく。妻のウシはこんなになるのも博打や女遊びをする徳正の日頃の行いの悪さが原因と、腹立ちまぎれにパチーンと徳正の脛を叩く。すると親指の先から無色透明の液体が湧き出てきて、徳正は気を失う。

村の医師は懇切に診察してくれたが、液体はただの水としかわからない。夜半になると部屋の壁からぼろぼろの軍服を着た数名の男たちが現れ、明け方まで代わる代わる徳正の指先の水を飲んでいくようになった。徳正はその男の一人が、師範学校で同級だった石嶺であることに気づく。沖縄戦開始とともに学生たちは、男は鉄血勤皇隊に、女はひめゆり部隊や白梅学徒隊に組織された。傷病兵を収容する南部のガマで二人は伝令と弾薬運搬に従事するが、石嶺は米軍の艦砲射撃によって負傷する。徳正は彼を置き去りにして逃げたのだった。

記憶の彼方に封じ込めてきた石嶺への罪悪感が、徳正の身を一気に駆け巡る。亡霊となって現れた石嶺に詫びなければならないのに、徳正は怒りをぶつける。「この五十年の哀れ、お前に分かるか」。一七歳のままの石嶺は「ありがとう、やっと渇きがとれたよ」と微笑みながら告げて消え、二度と現れなかった。

戦争で死んだ石嶺も、ガマの中で喉の渇きを訴えながら死んだ兵隊たちも、生きて無為に戦後を過ごした徳正も、みんな哀れである。二〇万人ともいわれる戦死者を出した沖縄は、その重すぎる犠牲がなかったかのように、今も日米双方の政治・軍事の駆け引きに利用されている。戦争が終わってはるかな時間を経てもさまよい続ける兵隊たちこそは、戦争が決して終わってはいないことを表している。また、自らの戦後を「哀れ」と表現する徳正も、戦争を終えることができないのだ。日本のあちこちに、世界のどこかしこに、その悔恨を引きずりながら漂う死者がいると思うだけで、今の私たちの普通の情景は変わって見えてくるであろう。戦争は容易には終わらないのだ。

3　パスカル・メルシエ『リスボンへの夜行列車』

戦争がもたらす哀しみの一つに、家族の離散がある。戦場に赴いた父の死、空襲で親にはぐれた孤児、引き揚げで子を失う母、南北東西に分かたれた兄と妹などなど、戦争は家族を壊して、行き過ぎていく。それは物理的な別離だけではなく、心理的な分断をも引き起こしてしまうところに、真の悲劇はある。

パスカル・メルシエが描くポルトガル軍事独裁政権下でゆるやかに壊れていく家族の物語は、内戦がどのように人々の意識を変えていったかが語られている。スイスのベルンに住む高校の古典文献学教師、ライムント・グレゴリウスは通勤の途上で出会ったポルトガル女性を自殺から救う。彼女に導かれるように偶然手にした一冊のポルトガル語の本は、この平凡な五七歳の教師の人生を一変させる。それは一九七五年に発行されたアマデウ・デ・プラド著『言葉の金細工師』である。その一節に深く感応したグレゴリウスは、アマデウに会うために突如、衝動的にリスボン行きの列車に乗ってしまう。この唐突な行動にグレゴリウス自身もたじろぎ、驚く。リスボンで彼はアマデウが一九七三年に病死したことを知る。アマデウを知る人々へのグレゴリウスの巡礼のような旅が始まった。

ポルトガルは一九三二年から一九六八年までアントニオ・サラザールの独裁政権によって支配され、エスタド・ノヴォと呼ばれる父権的ファシズム体制が敷かれていた。サラザールの晩年には彼の衰えによる混乱を回避するために、秘密警察が絶大な勢力をもって反体制運動を弾圧した。ポルトガルの膨大な海外植民地では、独立を求める植民地戦争が起こり、内外ともにポルトガルは緊張を高めていた。アマデウは貴族の出身で、父は高名な判事であった。アマデウはレジスタンス運動に身を投じる。家族として父母や妹たちへの親愛を感じつつ、彼らと離れなければならなかったアマデウの苦悩と葛藤が、彼の著書には記されていた。彼は、秘密警察のボス、メンデスがレジスタンス派によって襲撃されたとき、医師としての倫理から命を助ける。その裏切り的行為によって、友人たちは離れ、アマデウは孤独になった。

グレゴリウスは、アマデウの著書によってポルトガルの現代史を知り、リスボンの街を駆け巡って、内戦に翻弄された人々の声に触れる。抑圧に抵抗することは、自らの自由を確保することである。しかし、軍事国家は、そうした要求を封殺しようと、残酷な法制を案出する。そこにある人間の関係は、家族や友人、恋人の間で複雑に絡まりあって、それぞれの言葉を沈黙させ、やがて彼らの絆を断ち切っていく。それはもはや修復できないのだ。メルシエは、強大な軍事政権が、家族を担保に取りながら、じわじわと抵抗する人々を弾圧していく様を活写した。互いを信じるという道義を破壊させていく狡猾な罠に、人はどのように対抗していかなければならないのか。この小説は静謐ではあるが、力強く訴えかけてやまない。

4 シリン・ネザマフィ『白い紙／サラム』

シリン・ネザマフィはイランに生まれ、イラン・イラク戦争のさなかに育った。のちに日本に留学してシステムエンジニアとなったが、彼女は同時に日本語で小説を書く作家でもある。彼女の作品は日本人に向けられた日本文学であると同時に、イランの人々を描くイラン文学であり、戦争に苦悩する人々の心に訴えかける世界文学でもある。

二〇〇六年、留学生文学賞を受賞した『サラム』で注目を浴びたネザマフィは、二〇〇九年、『白い紙』で文学界新人賞を受けた。この二作を合わせて上梓したのが本書である。『サラム』は、タリバン政権から逃れて日本にやってきたハザラ族のレイラの物語である。彼女は不法滞在で収監されているが、その難民申請を助ける弁護士の田中に、留学生である「私」は通訳のアルバイトを依頼される。高額な報酬にひかれて「私」はこの仕事に就くのだが、そこで見る難民の過酷な現実は、日本の幸せな環境に慣れてしまった「私」にとって、衝撃であった。それはある種の後ろめたさを「私」にもたらした。結局レイラは強制送還となる。

『白い紙』はイラン・イラク戦争さなかの高校生同士の淡い恋を描いた作品である。ほのかな思いを胸に秘めながら十代の少年は母のため、国家のために戦場に赴く。〈白い紙〉のように未来に多くの可能性をもつ青年が失われていったのだ。この作品は一四一回芥川賞候補となったが、選評で「文章がたどたどし過ぎて、既視感ゼロ。故に説得力もゼロ」と酷評された。外国人が日本語で書いたからといってその価値で評価すべきではない、とも評された。

しかし、イスラムへの理解を日本人はどのようにして持てばいいのであろう。この作品にあらわれたごく普通のイランの人々の感情、そして苦悩をどれほど私たちは知っているだろうか？ 無関心こそが偏見を培う。いまこの瞬間に戦争の被害を受ける他者がいることを実感するための文学があって何が悪いというのだろうか？ いま、日本文学はイランの人々が戦争によって蒙る苦悩を共有したのだ。文学という領野においてしか、この心情の分かち合いは実現しないのである。

5 ヤスミナ・カドラ『カブールの燕たち』

アフガニスタンは一九世紀以来、戦争という悪魔に魅入られたかのように、絶え間なくあらゆる種類の紛争に巻き込まれ、いままた新たな戦火にさらされている。この作品は、終わることなき戦争が、人々の自滅的な生をいかに招いていったかを描いている。

アティクは女囚刑務所の看守である。今日も公開処刑に差し出す囚人を選び、処刑場に送った。直立したまま動かないように足まで埋められた女性を群衆は嘲り、石を投げつけて殺す。ブルジョアの家庭に生まれたモフセンは、ソ連侵攻後に財産を失い外交官になる夢を絶たれたが、この公開処刑の場に遭遇して、思わず石を手にして投げつける。彼を蝕む「悪意」は出口を求めて叫んでいた。公開処刑場は格好のはけ口となって、モフセンの人間性を簒奪した。

モフセンの妻、ズナイラは名家の生まれで美貌の司法官であったが、タリバンが占拠するこの町で仕事も誇りも奪われて暮らしている。モフセンから処刑場での振る舞いを聞いた彼女は、激しく憤りモフセンを遠ざける。やがて悲劇が訪れる。いさかいの最中に水差しにつまずき、床に頭を打ちつけたモフセンは死んでしまう。ズナイラは捕らえられ、死刑判決を受けて女囚刑務所へと収監される。

アティクは神々しいまでに美しいズナイラに心を奪われる。彼の妻、ムラサトは重い病にかかっていた。苦痛に耐えかね錯乱する彼女を、アティクはどうすることもできない。彼の神経は疲弊し、徐々に正常な判断ができなくなっていった。アティクはズナイラを救うためにはどうしたらいいかと、彼女への恋情を隠さずにムラサトに相談する。ムラサトは自分が彼女と入れ替わると、申し出る。ムラサトの悲しい自己犠牲も、生きる目的を失った虚無の産物である。戦争は二〇年におよぶ夫婦の絆を、崩壊させていったのだ。ムラサトは処刑され、ズナイラは何処かへ消えた。すべてを失ったアティクは道行く女たちに襲いかかり、チャドルを引き裂く。怒り狂った彼女たちの夫に、アティクはなぶり殺しにされる。

ヤスミナ・カドラはアルジェリアに生まれた。アルジェリア軍の上級将校であったが、軍務に就いているときから小説を書きはじめ、身分を隠すために妻の名前で作品を発表した。最初はミステリー作家として出発したが、やがて本作、『テロル』(二〇〇五年)、『バグダッドのサイレン』(二〇〇六年)の三部作で、イスラム原理主義を批判した。カドラは小説の舞台となったカブールについてほとんど知らない。三部作で取り上げたイラクやイスラエルについても居住した経験を持たない。二〇〇〇年に軍を辞め、二〇〇一年にフランスに移住、実質的な亡命生活に入った。そして何より重要なのは、フランス語で小説を書くフランス語圏の作家として、イスラムの物語を書き続けていることだ。複雑に絡まり合うイスラム社会を覆う原理主義の抑圧を、カドラは声高には批判しない。市井の信心深い民衆が、タリバンの出現とともに否応なく、その宗教心や善意の心を変節させられていったかを抑制された筆致で描いている。

カドラが告発するイスラム原理主義は、いまや戦争や紛争の火種となって世界を震撼させている。しかし、カドラはこのようなテロの恐怖に満ちた現在を予言しようとしたのではない。『テロル』で、アラブ人医師アーミンの妻シヘムが自爆テロをする事件を描いた彼は、イスラエルに住むアラブ人の苦悩を滲ませながら、それぞれの人間に訪れた覚醒の瞬間を切り取っていく。その心情をつくり上げるのは、何の力によってなのか。

カドラは一人一人の登場人物を、異様な思想にとらわれた狂信的な人物には、決して設定しなかった。本書のモフセンもアティクも、『テロル』のアーミンもシヘムも、ごく当たり前の日常をおくる平凡な人間である。だからこそ、カドラの小説は怖いのかもしれない。ごく普通の人間に萌《きざ》す暴力や悪意への傾斜は、ほんの少しのきっかけで発動する。彼らの互いの愛も、互いの信頼も本物であると同様に、彼らを襲うテロや戦争への欲動も、また真実である。何故、テロは行われてしまったのか。その原因を考えていく起因をこの作品は読者に与えている。カドラは人間の内部に秘匿された、この複雑さの諸相を余すところなく描いたのである。

6　リービ英雄『千々にくだけて』

かつて戦争は国家間の争いであったが、二〇世紀後半からその様相は徐々に変化していった。宗教や民族の違いが紛争の火種となって国境を越えて周辺国にも波及し、それがまた新たな争いを生み出した。中東をめぐる苦悩に満ちた絶え間ない戦争は、もはや国家の枠組みで解決することは不可能といっていいほど、複雑になっている。

二〇〇一年のアメリカ同時多発テロは、新しい戦争の形態を全世界の人間に克明に印象づけるきっかけとなった。リービ英雄の『千々にくだけて』は、その九月一一日に日本からアメリカの家族に会うために向かった、主人公エドワードの数日間の物語である。

米国人であるエドワードは翻訳家となり、母親の反対を押し切って東京に住んでいる。二〇年の歳月を経て、日本語と英語が入り交じってしまい、どちらかの言語で物事を表現したり理解することができなくなっていた。カナダのバンクーバーに着陸する際に見た島々の風景は、エドワードに芭蕉が松島を讃えた「島々や千々に砕きて夏の海」という句を思い出させる。その英訳と日本語の間をたゆたう彼の耳に、機長からの異様なアナウンスが飛び込んでくる。「アメリカ合衆国は、被害者となった」。

同時多発テロによってあらゆる飛行機は米国に降りることができなくなった。バンクーバーで足止めされたエドワードは、八〇歳の老いた母に電話をかける。母は言う。「わたくしたちはアラブをいじめたからこんなことになった」。アメリカばかりか世界がアルカイダの暴力に憤っている渦中に、母が繰り出す思わぬ言葉に、エドワードは驚く。

ホテルで見るテレビには歴代の米大統領五人が、カテドラルでの追悼ミサに列席する様子が映し出される。その「何ごとにもさらされていない」穏やかさの中で粛々と進む儀式を見て、エドワードは怖くなる。突然に彼の胸に「かれらのために、誰が死ぬものか」という思いが、強く日本語で浮かび上がった。新聞には「戦争だ!」という大見出しが躍っている。再び母に電話をかけた彼に、母は古風な英語で強く繰り返す。「異国とのからみごとはさけるべし」。

戦争が生まれる瞬間を切り取ったこの作品は、民主主義国家にある理念としての自由や平等を尊重する心が、気づかぬうちに、守るべきは自らの国家だとの思い込みにすり替わって、戦争を後押ししていく恐怖を描いている。エドワードがいくら彼らのために死ぬものかと抵抗しても、米軍はアルカイダ撲滅のための、迷走に満ちた作戦を実行していった。まして、この戦争は、名義上は対イラク戦争でありながら、本当はオサマ・ビン・ラディンへの報復なのだから、正義の実行には程遠い情景を何度も重ねるのである。

二〇〇三年三月二〇日のイラク戦争開戦の日に私はアメリカにいた。「平和のための戦争」という陳腐な理由をもって、いかにも深刻な表情をつくって、テレビの画面で開戦を告げるブッシュ大統領の映像は、どこか現実味を失って、芝居を見ているかのようだった。戦争はかくも簡便に始まるものか。そんな感想を傍らで画面を見つめる八二歳の老母に告げると、彼女は一言ポツリと漏らした。「生涯で二度も戦争に出会うとは思ってもいなかった」と。

エドワードの母と同様に、私の母も戦争経験者である。その青春のほとんどを戦争に奪われた世代だ。彼女らは、期せずして出合ってしまった戦争へ、全精神をかけて抵抗する。「異国とのからみごとはさけるべし」とは、九・一一が何故起こってしまったのかを鋭く突いた言葉であり、私の母の片言も、二度も戦争に出会わしたアメリカに、「何故?」と重く問いかけている。二人の老女の告発は、戦争へと一挙に狂騒する男たちへの皮肉とも解釈できるだろう。散々な目に遭ったからこそ、到達した冷徹な眼が、そこに活き活きと光っている。

7　ミシェル・ウエルベック『服従』

二〇一五年一一月一三日に勃発したパリ同時多発テロは、世界に衝撃を与えた。前日にはレバノンのベイルートでも連続自爆テロがあり、いつどこで何が起きるかわからないという不安が世界を襲った。特にフランスでは同年一月七日に風刺週刊新聞シャルリー・エブドが襲撃される事件があり、イスラム国（ISIL）に対する憎悪と敵意が倍加して、緊張が高まった。

ミシェル・ウエルベックの『服従』は、その一月七日に発売されて話題を呼んだ。というのは、ウエルベックは反イスラムの作家として知られ、しかもその新作はイスラム政権がフランスで成立するという近未来小説であったからだ。イスラムへの嘲笑を含んだ過激な描写が随所に織り込まれ、ウエルベックは一時身を隠さねばならなかった。

フランソワは一九世紀のデカダンス作家J・K・ユイスマンスを研究するパリ第三大学の教授である。四十代半ばとなったが独身生活を楽しみ、若い教え子と性的関係を持っている。無神論者で政治的にもこれといった主張は持たない。ただ、この自由な暮らしを続けていければいいのだ。彼の高い知力はもっぱら恋愛に消費されるものの、文学への情熱は彼の生きる糧であった。二〇二二年の大統領選で極右政党が第一党となったのに対抗するため、左派社会党はイスラム政党と結託して政権を奪還、イスラム穏健派の大統領が選出される。フランソワはテレビの娯楽としてこの大統領選を楽しみにするが、反イスラム派によって街が襲撃され死者が横たわる場面に遭遇しても無感動にこの事実を受け止め、身の安全をはかるのみだった。

イスラム国家となったフランスは徐々に変化していった。非イスラム教徒であるフランソワは、大学を高額年金つきで退職させられる。大学は中東のオイルマネーによって買われ、イスラム的な方針で運営される。女性は教員になれず、教育内容はイスラムの価値に制限されていく。ヨーロッパが育んだ近代精神は、ここに終焉を迎えたのだ。フランソワは学長の巧みな勧誘に導かれて、イスラム教に改宗して大学に復帰し、権力の側に加担するようになる。

この寓意に満ちた小説はイスラム嫌悪の書と見えるが、ウエルベックは実は西欧のシステムそのものにも皮肉な見解を投げかけている。個人の「幸せ」ばかりを追求する独善性に満ちた文化構造そのものが、イスラムに代表される見えない他者を抑圧したのだと、彼は主張する。フランスはヨーロッパ最大のイスラム人口を抱えた国であるのにかかわらず、この無知、無関心こそが対立を促進している。憎悪のみが際立てば、すぐに戦争への道が開かれる。ウエルベックが投げかけるイスラムへの視線は、思いのほかに複雑な私たちが今立つ場所を照らし出しているともいえるのだ。

8　高野悦子『二十歳の原点』

この平和な日本にあって、戦争を感じる瞬間とはどういう時なのであろうか。一九六八年（昭和四三）一〇月二一日の国際反戦デーで、新左翼と機動隊との激しい衝突が起こり、新宿は騒乱状態となった。市街地も投石や火炎瓶によって混乱し、その夜、新宿駅は放火によって炎上した。敷石ははがされ、商店のウインドウは粉々に砕け散った。集まった群衆もその異様な光景に興奮し、一部の暴徒化した人々によって、駅地下のウインドウは壊されて展示物が略奪された。当時高校生であった私は、この新宿を通学路としていたために、翌日廃墟と化した街を、茫然とした思いで歩いていた。戦争とはこのようなものなのだろうか。初めて実感的に戦争ということを想起したことを思い出す。それにしても国際反戦デーに、戦争の情景が再現されるという皮肉こそが、政治の季節の只中にあった当時をよくあらわしている。

一九六〇年代に全国的に起こった学生闘争は回顧的に語られがちだが、熾烈な運動の渦中に多くの命が失われ、またこの運動を通じて人生観を虚無的なものに変えてしまった多くの若者たちがいたことに、もう一度注目すべきではないかと思う。彼らにとってこの闘争とは、まさしく戦争であった。一九六〇年代に、第二次世界大戦後に構築された戦後体制への異議申し立てが全世界に広がった。特に新たな覇権闘争であるベトナム戦争への批判は高く、一九六七年（昭和四二）に日本の総評が提案した世界反戦デーは、たちまちのうちに全世界に波及した。ストライキに加えて、学生運動を主導した新左翼の抗議運動は高まりを見せていった。一九六八年は、それが最高潮に達した時期である。一月にベトナムのテト攻勢、四月にキング牧師暗殺、五月にフランスでの学生と労働者によるゼネスト決行（五月革命）、六月にロバート・ケネディ暗殺、八月にソ連のチェコ侵攻などなど、世界的な事件が次々と起きた。そして一〇月のこの日を迎えることとなった。

そんな歴史の季節に身を置いた一人の女子大学生・高野悦子は、自分が国家に対抗しつつも家族や大学という場に守られている矛盾に目覚めていく。そして、その解決の糸口すらつかめない絶対的孤独と未熟さを、『二十歳の原点』という、日記とも思索ノートともつかない手記に書きつけた。彼女が在籍する立命館大学でも学生運動の波が押し寄せ、悦子は闘争に加わった。だが、闘争内で見出していった人間存在への疑問と葛藤は、彼女の懊悩と煩悶を深め、ついには鉄道自殺を遂げて、わずか二〇歳の命を終焉させた。『二十歳の原点』は、彼女が残した十数冊のノートに記された一九六九年(昭和四四)一月二日から、死の二日前の六月二二日までの部分を抜粋して出版された。しかし、ノートに語りかけられた内省的な言葉の堆積は、苦難に満ちた時代を共有した多くの読者によって、学生運動とは、一体何であったのかという真正面からの問いを発生させたのである。

正月の家族とのスキー旅行に始まるこの日記が、そうした「普通」の日常が、いかに、この世界の不均衡を招く根源であるかを自省的に追及し、学生運動への参加という過程を生み出していくが、その足取りは生真面目であるがゆえに、一直線に存在そのものへの疑義へとつながっていく。が、この世界の苦痛に満ちた叫び声に呼応した悦子の真摯な自己洞察の歩みは、この時代を生きなければならなかった若者の、世界への回答であったのだ。暗たんたる絶望を抱きながら生きる苦悩を、彼女は何度もノートに語りかける。

学生運動内部にはびこる退廃に激しく憤りながら、一方に恋愛に自らを没入させたいと夢想する自分、大学の硬直した機能不全を厳しく追及しながら、学問への純粋なあこがれをそっと書きつける悦子。生きることの意義を見失いながら、その不信感を克服しようと、彼女は懸命に生き、そして自死という性急な結論を断行してしまった。

自己の多様な姿を微細に観察するこの本は、学生運動で斃れていった若者の内面の記録というばかりではなく、同時代を同じように熾烈に生き、消えていった多くの真摯な若者の声が重ねられている。それは明らかに戦時下の学生が抱え込んだであろう懊悩を共有し、世界の矛盾に満ちた人間性軽視を告発しているのだ。

9　笙野頼子『姫と戦争と「庭の雀」』

笙野《しょうの》頼子が一九九〇年代後半に挑んだ「純文学論争」(ドン・キホーテの論争)は、文学を考えてゆくのに重要な論争であった。いわゆる「純文学」と称されるジャンルに対する社会的な評価をめぐる、この一連の論争で笙野は一貫して、「純文学」を擁護する。擁護というより、それはまさしく自身の作家としてのレーゾン・デートル(存在意義)に関わる問題として、果敢に論争を展開した。しかし、その抗議の対象となった編集者や作家たちが存分の対応を見せなかったために、一見この論争そのものは「不発」に終わった感があるものの、極めて根幹的な問題を文学に突きつけたのである。

一九八〇年代末ごろから進行した「思想の軽量化」は、表現の各所に影響を与えた。難解なものは避けられ、軽便な文化現象が、目覚ましく成長するデジタル文化のなかで成長した。視覚的な表現に転換していく時流のなかで、文学、とくに「純文学」は攻撃の対象となって浮上した。誰も読まなくなって、売り上げの上がらない「純文学」に意味があるのか、という乱暴な問いに、笙野は「純文学とは、売る事しか考えぬマスコミファシズムへの抑止力」と言い切り、自らを「純文学作家」と定義づけた。それは売れようと売れまいと自分の好きなことを書く自由を確保したいからだ。自分の好きなこととは、世間や国家を憚って、誰も書けないことを、書くということである。

『姫と戦争と「庭の雀」』は、ある日作家である語り手のもとにS倉土建主催のイラク派兵反対集会のチラシが届けられたところから始まる。「庭の雀」のように、ちょっと覗きたくなって主人公は出かける。しかし、日にちを間違ってしまって、集会デモは昨日終わっていた。最寄りの駅に帰ってくると、何か駅の周りに人が集まっている。彼らについて集会場所のお伊勢公園に行くが、デモは始まらず、主人公は帰宅した。その夜、チラシを炙ってみると、集会は二部制で深夜にあるとわかった。チラシを門に張りつけ待っていると、迎えが来た。ベランダからみると、会場のI旛姫ノ宮という神仏習合神社に向かって、道祖神や地蔵などの石像が宙を淡々と行進しながら移動していた。会場に到着し、みんなで花火をやった。神社の祖神である姫は、たくさんいた子どもは「殺された」と告げる。

イラク派兵は人道復興支援の名目のもとに、比較的安全とはいえ、限りなく戦闘地域に近い場所に、自衛隊を派遣した最初の事例である。アメリカがおこしたイラク戦争への支援協力であるが、二〇〇三年にイラク特措法を国会で決議、派兵に踏み切った。攻撃されても応戦することが許されない自衛隊法のなかで強行された派兵に、社会的批判が集中した。二〇〇九年に撤退するまでの六年近く、幸いに戦死者はいなかったが、自殺者、事故死者などが陸自、海自の両方にあった。半ば強制されるように拙速に通されたイラク特措法は、国民の不安を掻き立てた。だが、「正義のための闘い」「平和のための戦争」と銘打たれたイラク戦争に協力することは、国際協調と強弁する政府に対して、国民は打つ手をもたなかった。

この小説が『新潮』に発表されたのは二〇〇四年六月だが、この年の四月に二件、計五名の日本人拉致事件が起こった。拉致理由は、自衛隊撤退を要求するものであった。幸いにこの二件の人質は無事解放されたが、イラクに取材目的で入った日本人に対して、世論は厳しく批判した。いわゆる「自己責任論」である。小泉内閣は拉致した武装勢力を相手にせず、という決定を曲げることはなかった。そして、一〇月に起こったアルカイダによる香田証生氏拉致事件でも、政府は交渉に応ぜず、結果として香田氏は無残にも処刑された。
この小説がこの拉致事件に触発されて書かれていることは明らかである。そして、一〇月の香田事件にみるような事態を危惧している。神や仏たちが中空を乱舞しながら派兵反対の集会に集まってくるイメージの基底には、戦争と死の親密な関係があるだろう。しかも、その神や仏はみな「昔の戦争の体験者」と書く笙野の胸に去来したのは、連綿と繰り返される愚かしき戦争への憎しみである。そしておそらくは国家は国民を救うという、国民国家の最後の幻想を打ち破った拉致問題の政府対応に賛意を示す「自己責任論」への嫌悪も、仏や神も集って地縁共同体を支える場面に鳴り響いているのではないだろうか。誰も言わないことを自由に書く純文学作家の面目躍如たる作中のアフォリズムで、この文章を締めくくろう。

ふん戦争迷惑、戦争不快、戦争別件、戦争最低。余計な用事、それは戦争。

10 伊藤計劃『虐殺器官』

食事や買い物の代金は携帯端末に指を押しつけて生体認証をして支払うので、紙幣はほとんど使われなくなっている。職場に行くのもかなりラフな格好だ。あらゆる場所で網膜、脳波、顔紋などを通して、個人認証が徹底しているから、自分の身分や嗜好をあらわすような洋服もアクセサリーもいらないからだ。家ではポーターという、物を運んでくれる人工筋肉からつくられた家事補助用具が仕事をしている。先進消費者（アルファ・コンシューマ）は食品や物品の物歴（メタヒストリー）をこと細かく調べて、安全性や性能、価格についての提言を行い、生産者に大きな影響を与えている。

伊藤計劃が描く未来社会は、空想的なSF小説の未来とは違って、現在の私たちの生活から容易に想像できる、これから先に現実になるであろう情景である。ここで描かれる近未来は、個人情報が徹底して管理された社会である。個人の携帯端末の記録や、街角や店舗での個人認証を通じて、個人の情報は把握される。国家はこれを通じて行動や思考を把握・管理し、民間会社はこの情報を蓄積して、死後に相続者に渡し、開示される。残された者は、この記録を見て、故人を偲ぶのだ。では何故、人はこれほどの管理社会の道を選んだのか。

九・一一以降のアメリカ合衆国では、テロを防ぐ最大の要件として個人情報の管理が重要視された。テロによって仕掛けられた核爆発によってサラエボが消滅するという事態は、この方向を急進的に推し進め、その結果、国内でのテロは抑止された。が、世界は内戦の時代に突入していった。そこには、すさまじい虐殺が実行され、あらゆるものが破壊された。事態を重く見たアメリカ政府は、それまで禁止されてきた暗殺を目的とする特殊部隊を創設し、世界の内戦に介入していく。この小説の主人公、クラヴィス・シェパード大尉はその特殊工作員である。やがて彼はこの内戦を操っているアメリカ人の言語学者、ジョン・ポールに行き着く。彼を追って内戦に苦しむ東欧、インド、アフリカへジョンを暗殺するために赴くが、彼から聞かされた「虐殺の文法」はクラヴィスの世界認識を打ち砕いていった。人間の奥深くに眠る「虐殺器官」に訴えかける方法をジョンは見出し、それをあらゆる宣伝媒体に潜りこませていった。日々の日常的な言葉が、内戦へと導いたのである。クラヴィスはそのジョンの行為が、「アメリカ以外の国」、すなわち先進国的な価値を共有しない国へ向けられていることを知ったとき、アメリカそのものが持つ独善的な世界への覇権意識に逢着する。

九・一一以降の世界の趨勢が、対テロ政策を主眼とする個人管理に傾いたことを背景に展開するこの作品の真の恐ろしさは、世界が滅亡に向かいながらも、それでも止めることのできない戦争、すなわち虐殺への欲望である。ジョンが発見する言語の中枢に潜む兇暴な破壊の意思は、もちろん小説内の架空の設定である。しかし、いま世界の各地で勃発している集団的な殺戮と破壊は、連鎖して止まることはない。

小説の最後で、クラヴィスはアメリカや英語圏の先進国に「虐殺の文法」をばらまく。アメリカはたちまちのうちに混乱に陥った。彼は「アメリカ以外のすべての国を救う」ために、自らの決断を背負おうと決心する。この終結に伊藤が込めたのは、不当な権力の布置によって追いやられた第三世界（この言葉自体が先進国が編み出したレトリックだ）や、社会主義下の衛星国家、宗教的分断を強いられた国々などを覆う絶望をどのように考えるかという、極めて倫理的な問いかけであろう。同時に覇権国家が持つ傲慢への告発も、そこでは目論まれている。

伊藤は圧倒的な想像力によるフィクションという形をとりながら、そこかしこに背筋も凍るような現実の既視感を入れ込んで、読者へ気づきを促しているのだ。世界は平等などではなく、正義も実行されず、戦争の残虐がすぐにでも実行される不確実な世界に生きていることを、伊藤は渾身の力をもって書き切った。この小説を上梓した二年後、伊藤は癌で逝去した。もう一つの作品『ハーモニー』（二〇〇八年）とともに、伊藤が残した小説は、漠然たる未来にうずくまる世界の読者に、激しくも新鮮な衝撃を与えた。その衝撃を出発点に、いまここにある戦争を思考していくチャンスを、私たちは与えられ、そして得たのだ。

11　津島佑子『半減期を祝って』

三〇年後のことを、日常の生活の中で考えることなど、ほとんどないであろう。ぼんやりと、何かとてつもない変化が起きているのだろうなと思いつつ、その画然たる変化がどのようなものかなどと、現実に想像するのは無理である。だが、三〇年前は、その時生まれていない、あるいは幼時であった場合を除いて、思い出すことが可能である。それは自分の過去であると同時に、歴史でもあるからだ。

本作はその歴史記憶が、どのように伝達されるかを問う作品である。この小説は三〇年後のニホンが舞台だ。小説の始まりで、語り手の「私」は三〇年前の回想から思いを解いていく。ファクスもワープロもなかった三〇年前に比べれば、いまの生活の変化は目覚ましいものである。しかし、「私」はそうした推移を「喜んでいいのかどうか」わからないと、一人ごちる。

三〇年後のある日、世間は突然に戦後一〇〇年のお祭りの喧騒のなかに引きずり込まれる。それは「セシウム137」が半減期に入ったというアナウンスが、町中に流されることによって始まった。実は四年前には、もう半分になっていて安全ではあるのだが、せっかくの戦後一〇〇年のお祭りであるから、しっかりとこのことを確認しようという内容である。「セシウム137」はウランの核分裂によって生成される元素で、人体に最も影響を及ぼすものである。人為的にしか産出されず、初めて地球上に散布されたのは、広島、長崎の原子爆弾の投下によってである。以後、アメリカ、ソ連などの核実験、チェルノブイリの原発事故、東日本大震災時の福島第一原発事故などが、この「セシウム137」を放出した。

「セシウム137」は人体に入ると心筋や甲状腺に蓄積され、心臓疾患や免疫低下を招く。いわゆる体内被曝である。このほか、「セシウム137」は水溶性が高く、水や牛乳によって経口からも摂取される。半減期は三〇・二年と言われている。津島はこの「半減期」という聞きなれない言葉に注目し、戦後一〇〇年が福島第一原発事故から約三〇年にあたることから、この小説を着想した。

原発でトウキョウに避難してきた一人の老女がアナウンスを聞いて、故郷の家を見てこようと考える。夫は他の女のもとに走り、夫の両親は亡くなった。娘たちは嫁いでいき、家族は自分一人となった。この三〇年にいろいろあったが、あっという間だった。事故の直後は政府の役人は三年間戻らないでくださいと命令した。そのあと、どうぞ帰ってくださいと懇願されたが、老女は帰らなかった。今や、この避難民用高層住宅が自分の住まいだ。住まいの近くの中学校で運動会の誘いが拡声器でアナウンスされ、老女は好奇心もあって出かけてみる。最近、政府が主導してできた「愛国少年(少女)団」、通称ASDの話題が気にかかったのだ。

独裁政権が人民を監視するシステムとして発足させたASDは、一四歳から一八歳の純粋ヤマト民族の少年、少女のみが選ばれて入る組織で、一八歳を過ぎると自動的に国防軍に配備される。アイヌ人やオキナワ人、トウホク人は入れない。彼らは信用できないからだ。特にトウホク人については、「陰険邪悪な性質とその歴史」を学校で教えている。この反動的な組織をつくった現政府は、かつてトウキョウで行われたオリンピックの熱狂の余波として誕生した。

子どもたちはASDに入りたくてたまらない。特権待遇が魅力なのだ。親たちは戸惑い、ASDに反対するが、政府はそのように子どもを指図する親たちを逮捕する法律をつくろうとしている。親を告発するのは子どもだ。ASDが中心となって、ある日、トウホク人を襲撃する「翡翠の夜」という事件さえ起こった。政府は、ASDを最大限に有効利用し、トウホク人を迫害して、反抗するトウホク人を「シャワー室」送りにした。

老女はまるでASDの下請けのようになっている中学校で、トウホク人への迫害を想う。老女にとって半減期を迎えたところで何も変わった気がしなかったのだが、世の中はかくも変わってしまった。もはや半減期なのだから、あと三〇年経てばゼロになると政府は喧伝し、事故現場に近い村は特にアイヌ人、オキナワ人、トウホク人に限って定住することを許可した。都会を追われた彼らは逮捕されることなく自由を得たと喜ぶが、実は一切の医療支援も安全対策もないままに入村したので、次々と病気で倒れていった。老女は半減期を祝って、かつて住んでいた村に戻る。その時に遭遇したトウホク人の姿を、目で追わずにはいられなかった。そして、涙を流す。老女は気づく。この三〇年は何も変わっていないようだが、何かが変わってしまったというのに、気がつかないふりを自分がしていたことを。そして、気がつきたくなかったから、気がつかないふりをしたのだと理解する。気がついたとて、一体自分が何をすることができたというのだろう。

津島が痛烈に描き切る三〇年後のニホンは、ディストピアとしての近未来小説として読まれるであろう。だが、第二次世界大戦を経た日本が、一〇〇年後に到達するこの情景は、圧倒的なリアリティをもって私に迫ってくるのだ。未来のことなのに、身につまされるのである。戦後、ずっと積み重ねてきた一年ごとの終戦記念日で、年年歳歳、実際の戦争経験者や被害者が少なくなっていくに従い起こった、ある種の形骸化と反動の数々を思い出さずにはいられなかった。歴史記憶は捻じ曲げられ、戦争の恐怖のみが声高に語られ、ついにはそれに抗するための軍事力の強化や、安全保障関連法案や個人情報関連法案の改悪、ついには憲法改正にまで踏み込んでいく政治の趨勢は、歴史記憶の忘却とあらたな歴史記憶の創出を目論むものとしか思いようがない。まして、広島、長崎を経験した日本が、福島第一原発事故に対するあまりに無策な対応には絶望感しか湧かない。避難民たちは故郷に帰れず、被曝被害に脅えている。一方にオリンピックだ、万博だと、経済効果の多大なる期待という名目のもとに進行させていく日本に、不安を抱くのは私だけではあるまい。

だが、津島が描いた作中の老女のように、その異常さはわかっていても、「何も変わらないのだ」、あるいは「変わったとしても何もできないのだ」と、無理やりにそれらを見過ごしていく日常が厳として存在する。携帯の便利さに魅了されて、自らの思考に割く時間を失った現代人が、やがて到着するであろう場所が、半減期を寿ぐ日本であるのかもしれない。

津島の絶筆となったこの作品に描かれる未来への絶望を共有することによってしか、この日本を、そして未来を生き抜いていくことはできないのか。いや、だからこそ今を希望に繋げなければならないのだ。津島が最後に残した、文学にしかでき得ない、このぎりぎりの抵抗が、三〇年後の世界を変えていく歴史記憶となって残り続けることを、私は切望してやまない。

ブックリスト

第1章　戦時風景

徳田秋声『戦時風景』『徳田秋聲短編小説傑作集II　車掌夫婦の死・戦時風景』徳田秋聲記念館、二〇一〇に収録
火野葦平『麦と兵隊』『火野葦平戦争文学選　第一巻』社会批評社、二〇一三に収録
小林信彦『ぼくたちの好きな戦争』新潮文庫、一九九三
富士正晴『帝国軍隊に於ける学習・序』『戦後短篇小説再発見8「歴史の証言」』講談社文芸文庫、二〇〇二に収録
大岡昇平『野火』新潮文庫、一九五四
野間宏『顔の中の赤い月』『暗い絵・顔の中の赤い月』講談社文芸文庫、二〇一〇に収録
ジョン・オカダ『ノーノー・ボーイ』川井龍介訳、旬報社、二〇一六
古処誠二『接近』新潮文庫、二〇〇六

江戸川乱歩『防空壕』『江戸川乱歩傑作選　蟲』文春文庫、二〇一六に収録
大城立裕『日の果てから』講談社文芸文庫、二〇〇〇(電子版)
梅崎春生『桜島』『桜島・日の果て・幻化』講談社文芸文庫、一九八九に収録
原民喜『夏の花』岩波文庫、一九八八
安部公房『変形の記録』『R62号の発明・鉛の卵』新潮文庫、一九七四に所収

第2章　女性たちの戦争

壺井栄『二十四の瞳』角川文庫、二〇〇七
角田光代『笹の舟で海をわたる』毎日新聞社、二〇一四
田村泰次郎『蝗』『田村泰次郎選集4　裸女のいる隊列／蝗ほか』日本図書センター、二〇〇五に収録
森三千代『新嘉坡の宿』『森三千代鈔』濤書房、一九七七に収録
高橋たか子『誘惑者』講談社文芸文庫、一九九五
ベルンハルト・シュリンク『朗読者』松永美穂訳、新潮文庫、二〇〇三
宮田文子『ゲシュタポ』中央公論社、一九六一

スヴェトラーナ・アレクシエーヴィチ『戦争は女の顔をしていない』三浦みどり訳、岩波現代文庫、二〇一六
リリアン・ヘルマン『眠れない時代』小池美佐子訳、ちくま文庫、一九八九
大田洋子『ほたる』『日本の原爆文学2　大田洋子』ほるぷ出版、一九八三に収録
林芙美子『浮雲』新潮文庫、一九五三
池田みち子『無縁仏』作品社、一九七九

第3章　植民地に起こった戦争は――

藤森節子『少女たちの植民地――関東州の記憶から』平凡社ライブラリー、二〇一三
吉田知子『満州は知らない』新潮社、一九八五
張赫宙『岩本志願兵』『日本植民地文学精選集32　朝鮮編12』ゆまに書房、二〇〇一に収録
梶山季之『族譜』『族譜・李朝残影』岩波現代文庫、二〇〇七に収録
小田実『「アボジ」を踏む』小田実短篇集、講談社文芸文庫、二〇〇八
中村地平『霧の蕃社』『〈外地〉の日本語文学選　南方・南洋　台湾』新宿書房、一九九六に収録

モーナノン『僕らの名前を返せ／燃やせ』『台湾原住民文学選1　名前を返せ――モーナノン／トパス・タナピマ集』下村作次郎訳、草風館、二〇〇二に収録
バオ・ニン『戦争の悲しみ』池澤夏樹＝個人編集　世界文学全集『暗夜／戦争の悲しみ』近藤直子・井川一久訳、河出書房新社、二〇〇八に収録
ティム・オブライエン『本当の戦争の話をしよう』村上春樹訳、文春文庫、一九九八
多和田葉子『旅をする裸の眼』講談社文庫、二〇〇八（電子版）

第4章　周縁に生きる

小林多喜二『転形期の人々』『小林多喜二全集　第四巻』新日本出版社、一九九二に収録
佐多稲子『キャラメル工場から』『日本近代短篇小説選　昭和篇1』岩波文庫、二〇一二に収録
徳田秋声『勲章』『徳田秋聲全集　第一八巻』八木書店、二〇〇〇に収録
松本清張『遠い接近』文春文庫、二〇一四
児玉隆也『一銭五厘たちの横丁』岩波現代文庫、二〇〇〇
北杜夫『輝ける碧き空の下で』新潮文庫、二〇一三（電子版）

カズオ・イシグロ『遠い山なみの光』小野寺健訳、ハヤカワepi文庫、二〇〇一
安本末子『にあんちゃん』角川文庫、二〇一〇
東峰夫『オキナワの少年』文春文庫、一九八〇(電子版)
永山則夫『無知の涙』河出文庫、一九九〇
フェデリコ・ガルシーア・ロルカ『ジプシー歌集』会田由訳、平凡社ライブラリー、一九九四

第5章　戦争責任を問う

ドルトン・トランボ『ジョニーは戦場へ行った』信太英男訳、角川文庫、一九七一
アーネスト・ヘミングウェイ『兵士の故郷』『ヘミングウェイ全短編1　われらの時代・男だけの世界』高見浩訳、新潮文庫、一九九五に収録
石川淳『マルスの歌』『焼跡のイエス・善財』講談社文芸文庫、二〇〇六
山田風太郎『戦中派不戦日記』講談社文庫、二〇〇二
竹内浩三『戦死やあわれ』岩波現代文庫、二〇〇三
坂口安吾『戦争論』ゴマブックス、二〇一六(オンデマンド版)
平林たい子『盲中国兵』『戦後短篇小説再発見8「歴史の証言」』講談社文芸文庫、二〇〇二に

収録
中野重治『五勺の酒』『五勺の酒・萩のもんかきや』講談社文芸文庫、一九九二(電子版)
後藤みな子『炭塵のふる町』『コレクション戦争×文学19　ヒロシマ・ナガサキ』集英社、二〇一一に収録
結城昌治『軍旗はためく下に』中公文庫、一九七三
ノーマ・フィールド『天皇の逝く国で』大島かおり訳、みすず書房、二〇一一
パトリック・モディアノ『1941年。パリの尋ね人』白井成雄訳、作品社、一九九八
ボリス・シリュルニク『憎むのでもなく、許すのでもなく——ユダヤ人一斉検挙の夜』林昌宏訳、吉田書店、二〇一四

終章　いまここにある戦争
ジョージ・オーウェル『一九八四年』高橋和久訳、ハヤカワepi文庫、二〇〇九
目取真俊『水滴』『現代小説クロニクル1995—1999』講談社文芸文庫、二〇一五
パスカル・メルシエ『リスボンへの夜行列車』浅井晶子訳、早川書房、二〇一二
シリン・ネザマフィ『白い紙／サラム』文藝春秋、二〇〇九

ヤスミナ・カドラ『カブールの燕たち』香川由利子訳、早川書房、二〇〇七
リービ英雄『千々にくだけて』講談社文庫、二〇〇八(電子版)
ミシェル・ウエルベック『服従』大塚桃訳、河出文庫、二〇一七
高野悦子『二十歳の原点』新潮文庫、二〇〇三
笙野頼子『姫と戦争と「庭の雀」』『ひょうすべの国』河出書房新社、二〇一六に収録
伊藤計劃『虐殺器官』新版、ハヤカワ文庫、二〇一四
津島佑子『半減期を祝って』講談社、二〇一六

＊現在品切れのものは古書での入手が比較的容易な版を挙げている。なお、『コレクション戦争×文学』(全二〇巻＋別巻、集英社刊)というアンソロジーには、本書で取り上げた作品のいくつかをはじめ、貴重な作品が多数収録されている。あわせて読むことを薦めたい。

あとがき

本書は、『京都新聞』朝刊にて二〇〇八年四月二七日から一一月二五日まで連載した『忘れられた物語』全二六回と、二〇一四年一〇月六日から二〇一六年三月二八日まで連載した『忘れられた記憶――戦争の文学再読』全五八回をもとに、一部を書き換え、また書き足して刊行したものである。『忘れられた物語』は、読まれなくなった文学の新たな発見として企図されたが、その多くが戦争と関与したものとなってしまった。数年を経て、戦後七〇年を迎えるに当たり、戦争の記憶を思い出すためにという企画のもとに、再び『京都新聞』文化部からお話をいただき、『忘れられた記憶――戦争の文学再読』の連載を始めた。その双方でとりあげた計八二作品から六六作品をピックアップし、新たに四作品を書き下ろして、七〇冊の読書案内とした。

ここに何か統一的なテーマがあるわけではない。戦争の情景を直接には描いていない作品も含まれている。極めて恣意的な選書に異議のある読者もおられよう。だが、「まえがき」でも述べた通り、私にとって極めて肉感的に戦争に触れた作品を、日本文学や外国文学の別なく集めてみた。新聞連載中に随分の量の戦争をめぐる作品に触れ、その現場となった場所へも旅してみた。戦争をめぐる何ものかに惹きつけられていく自分を、そこで発見したとも言える。

私の両親は戦争体験者である。父は徴兵され塹壕を掘り、母は徴用されて軍事事務を執った。彼らから繰り返し聞いた戦争の記憶は、こう結ばれる。「戦争は本当に嫌だ」。だが、嫌なのに、どうして彼らは戦争を戦ったのか。疑問も同時に湧き上がった。どこかに旅した時、私は必ず戦争にまつわる博物館や記念館に赴く。戦勝国は壮麗な戦争軍事博物館で国民の勝利の物語を意気揚々と語る。敗戦国は原爆被災の記念館や、あるいはホロコースト資料館で、蒙った悲劇を悼み嘆く。だが、どちらも最後は「平和」への祈願という結論へと観客を導いていく。この戦禍を教訓に、戦争なき平和を希求する。それは当たり前な筋道である。

しかし、現実に第二次世界大戦以後、現在まで、戦火はやむ暇もなく、より広域に大規模に死者や被災者を生み出している。戦争の記憶は未だ途切れることなく生産されている。それは、人々の日常にしっかり組み込まれて、新しい記憶であるのか、過去の記憶であるのかがわからなくなるほど、当たり前の風景となっているのだ。

日本もこの動向に無関係などであるはずがない。戦後七〇年の声を聞くあたりから、一挙に具体化した憲法改正法案や戦争関連法案をめぐる論議、そして安全保障関連法案(平和安全法制）、テロ等準備罪（共謀罪法案）が強行採決されたことは、不安を呼び覚《さま》してやむことはない。もはや、戦中にあるのかも知れない。なぜ、かくも戦争は生み出され続けるのか。そのことを考えていく契機として、本書が利用されればと願う。

最後に京都新聞連載時に担当してくださった二松啓紀氏、松下亜樹子氏、三田真史氏、道又隆弘氏に感謝したい。また、本書の出版については、岩波書店の永沼浩一氏、吉田裕氏にお世話になった。記して謝意に代えたい。

二〇一七年六月一五日

中川成美

中川成美

1951年東京生まれ.
1975年立教大学文学部卒業，1984年立教大学大学院文学研究科博士課程修了，1996年から立命館大学文学部教授，2002年スタンフォード大学客員教授，2011年パリ第7大学招聘教授などを経て，
現在一立命館大学特任教授
専攻一日本近現代文学・文化，比較文学
著書一『語りかける記憶──文学とジェンダー・スタディーズ』小沢書店，『モダニティの想像力──文学と視覚性』新曜社，「新日本古典文学大系明治編23 女性作家集」(校注)岩波書店ほか

戦争をよむ 70冊の小説案内　　岩波新書(新赤版)1670

2017年7月20日　第1刷発行

著　者　中川成美《なかがわしげみ》

発行者　岡本　厚

発行所　株式会社　岩波書店
〒101-8002 東京都千代田区一ツ橋2-5-5
案内 03-5210-4000　営業部 03-5210-4111
http://www.iwanami.co.jp/

新書編集部 03-5210-4054
http://www.iwanamishinsho.com/

印刷・三陽社　カバー・半七印刷　製本・中永製本

ISBN 978-4-00-431670-1　　Printed in Japan

岩波新書新赤版一〇〇〇点に際して

ひとつの時代が終わったと言われて久しい。だが、その先にいかなる時代を展望するのか、私たちはその輪郭すら描きえていない。二〇世紀から持ち越した課題の多くは、未だ解決の緒を見つけることのできないままであり、二一世紀が新たに招きよせた問題も少なくない。グローバル資本主義の浸透、憎悪の連鎖、暴力の応酬——世界は混沌として深い不安の只中にある。

現代社会においては変化が常態となり、速さと新しさに絶対的な価値が与えられた。消費社会の深化と情報技術の革命は、種々の境界を無くし、人々の生活やコミュニケーションの様式を根底から変容させてきた。ライフスタイルは多様化し、一面では個人の生き方をそれぞれが選びとる時代が始まっている。同時に、新たな格差が生まれ、様々な次元での亀裂や分断が深まっている。社会や歴史に対する意識が揺らぎ、普遍的な理念に対する根本的な懐疑や、現実を変えることへの無力感がひそかに根を張りつつある。そして生きることに誰もが困難を覚える時代が到来している。

しかし、日常生活のそれぞれの場で、自由と民主主義を獲得し実践することを通じて、私たち自身がそうした閉塞を乗り超え、希望の時代の幕開けを告げてゆくことは不可能ではあるまい。そのために、いま求められていること——それは、個と個の間で開かれた対話を積み重ねながら、人間らしく生きることの条件について一人ひとりが粘り強く思考することではないか。その営みの糧となるものが、教養に外ならないと私たちは考える。歴史とは何か、よく生きるとはいかなることか、世界そして人間はどこへ向かうべきなのか——こうした根源的な問いとの格闘が、文化と知の厚みを作り出し、個人と社会を支える基盤としての教養となった。まさにそのような教養への道案内こそ、岩波新書が創刊以来、追求してきたことである。

岩波新書は、日中戦争下の一九三八年一一月に赤版として創刊された。創刊の辞は、道義の精神に則らない日本の行動を憂慮し、批判的精神と良心的行動の欠如を戒めつつ、現代人の現代的教養を刊行の目的とする、と謳っている。以後、青版、黄版、新赤版と装いを改めながら、合計二五〇〇点余りを世に問うてきた。そして、いままた新赤版が一〇〇〇点を迎えたのを機に、人間の理性と良心への信頼を再確認し、それに裏打ちされた文化を培っていく決意を込めて、新しい装丁のもとに再出発したいと思う。一冊一冊から吹き出す新風が一人でも多くの読者の許に届くこと、そして希望ある時代への想像力を豊かにかき立てることを切に願う。

（二〇〇六年四月）

岩波新書より

文学

現代秀歌　永田和宏
近代秀歌　永田和宏
俳人漱石　坪内稔典
正岡子規 言葉と生きる　坪内稔典
季語集　坪内稔典
言葉と歩く日記　多和田葉子
杜甫　川合康三
白楽天　川合康三
古典力　齋藤孝
読書力　齋藤孝
食べるギリシア人　丹下和彦
和本のすすめ　中野三敏
老いの歌　小高賢
魯迅　藤井省三
ラテンアメリカ十大小説　木村榮一
王朝文学の楽しみ　尾崎左永子
文学フシギ帖　池内紀
ヴァレリー　清水徹

ぼくらの言葉塾　ねじめ正一
わが戦後俳句史　金子兜太
季語の誕生　宮坂静生
和歌とは何か　渡部泰明
ミステリーの人間学　廣野由美子
小林多喜二　ノーマ・フィールド
いくさ物語の世界　日下力
論語入門　井波律子
中国の五大小説 上 三国志演義・西遊記　井波律子
中国の五大小説 下 水滸伝・金瓶梅・紅楼夢　井波律子
中国文章家列伝　井波律子
三国志演義　井波律子
折々のうた　大岡信
新折々のうた 総索引　大岡信編
中国名文選　興膳宏
アラビアンナイト　西尾哲夫
グリム童話の世界　高橋義人
ホメーロスの英雄叙事詩　高津春繁

小説の読み書き　佐藤正午
チェーホフ　浦雅春
英語でよむ万葉集　リービ英雄
源氏物語の世界　日向一雅
花のある暮らし　栗田勇
一億三千万人のための 小説教室　高橋源一郎
ダルタニャンの生涯　佐藤賢一
漢詩　松浦友久
花を旅する　栗田勇
一葉の四季　森まゆみ
翻訳はいかにすべきか　柳瀬尚紀
太宰治　細谷博
短歌パラダイス　小林恭二
歌い来しかた　近藤芳美
隅田川の文学　久保田淳
漱石を書く　島田雅彦
短歌をよむ　俵万智
西行　高橋英夫
新しい文学のために　大江健三郎

岩波新書より

岩波新書より

岩波新書より

芸術

学校で教えてくれない音楽　大友良英
中国絵画入門　宇佐美文理
瞽女うた　ジェラルド・グローマー
東北を聴く　佐々木幹郎
黙示録　岡田温司
デスマスク　岡田温司
ボブ・ディラン　ロックの精霊　湯浅学
仏像の顔　清水眞澄
ヘタウマ文化論　山藤章二
小さな建築　隈研吾
自然な建築　隈研吾
コルトレーン　ジャズの殉教者　藤岡靖洋
雅楽を聴く　寺内直子
歌謡曲　高護
世界の音を訪ねる　久保田麻琴
四コマ漫画　清水勲
漫画の歴史　清水勲
琵琶法師　兵藤裕己
日本庭園　小野健吉
歌舞伎の愉しみ方　山川静夫
シェイクスピアのたくらみ　喜志哲雄
演出家の仕事　栗山民也
肖像写真　多木浩二
宝塚というユートピア　川崎賢子
東京遺産　森まゆみ
絵のある人生　安野光雅
日本の色を染める　吉岡幸雄
プラハを歩く　田中充子
コーラスは楽しい　関屋晋
日本絵画のあそび　榊原悟
イギリス美術　高橋裕子
ぼくのマンガ人生　手塚治虫
日本の現代演劇　扇田昭彦
日本の近代建築 上・下　藤森照信
日本の舞踊　渡辺保
千利休 無言の前衛　赤瀬川原平
やきもの文化史　三杉隆敏
色彩の科学　金子隆芳
仏像の誕生　高田修
マリリン・モンロー　亀井俊介
歌右衛門の六十年　中村歌右衛門・山川静夫
フルトヴェングラー　脇圭平・芦津丈夫
ヴァイオリン　無量塔蔵六
床の間　太田博太郎
日本の耳　小倉朗
水墨画　矢代幸雄
絵を描く子供たち　北川民次
名画を見る眼 正・続　高階秀爾
音楽の基礎　芥川也寸志
日本美の再発見〔増補改訳版〕　ブルーノ・タウト　篠田英雄訳